D1099500

HÉLOÏSE

ANNE HÉBERT

HÉLOÏSE

roman

ÉDITIONS DU SEUIL
27, rue Jacob, Paris VIe

ISBN 2-02-005462-0.

Le monde est en ordre
Les morts dessous
Les vivants dessus.

L'appartement

L'immeuble de trois étages dressait ses moulures de pierre, ses ornements outrés, sa blancheur originelle et crayeuse étrangement conservée. Quelques maisons, comme endormies, des arbres, des jardins secrets. Une sorte d'enclave oubliée, au cœur de la ville, non loin du Bois.

On avait accès au numéro six de la villa par une large porte de bois sculpté. Au-dessus de la porte, parmi les volutes de pierre, une tête de femme à la chevelure défaite.

Le hall spacieux respirait l'ancien et le vide, un peu comme une gare désaffectée. Au bout d'un moment l'ascenseur retenait toute notre attention. Un délire de fer forgé et de verre dépoli. Rosaces et liserons, feuillages, guirlandes et torsades. Bientôt on avait les yeux brouillés et la tête qui tournait.

Dans un craquement de bateau en perdition, l'ascenseur se mettait en marche.

L'appartement se trouvait au troisième étage et donnait sur un jardin fort négligé. La clef tournait dans la serrure avec un bruit rouillé.

Dès l'entrée, on était saisi par le silence qui régnait dans le vestibule. Sur les murs, un papier à rayures vertes finissait par donner le vertige, par manque de meuble et par absence de tout signe de vie. Quelqu'un avait sans doute emporté les meubles, à moins que l'aménagement de l'appartement ne fût pas encore terminé. Le vestibule sonnait creux sous l'ongle telle une crypte.

A peine entré dans le petit salon, encombré de meubles et de bibelots, la couleur éclatante qui vivait là en sourdine se mettait à vibrer de nouveau. L'or et le rouge se renvoyaient l'un à l'autre des lueurs crues.

Les rideaux cramoisis, brochés d'or, étaient retenus par des embrasses également dorées. Deux petits sofas en acajou, recouverts de tissu fleuri, se faisaient face. Tandis qu'une ribambelle de sièges frêles, aux formes contournées, aux dossiers incommodes, étaient disposés, de-ci, de-là, comme pour une réception. Sur un socle, un buste de plâtre représentait une créature sévère, ni homme ni femme, l'air absent. Sur le mur, des panneaux de bois, d'un blanc crémeux, aux fines moulures dorées, pareilles à des broderies anciennes. La large cheminée avait un dessus de marbre blanc, veiné de noir. Au centre de la cheminée un bronze représentait Orphée jouant de la lyre, au milieu des bêtes sauvages, pâmées. Une glace, un peu piquée, encadrée d'or, reflétait la pièce en son entier. Une table ronde, recouverte d'un tapis à franges traînant jusque par terre, des coussins de velours uni, des poufs à cordelière et à glands, une plante d'un vert gris, dans une étrange jardinière en paille d'un ocre violent.

La visite de la chambre se faisait dans une lumière diffuse, à cause des becs de gaz, aux abat-jour laiteux. Le papier sur le mur vibrait de fleurs roses et de feuillages bleus extrêmement joyeux. Le lit de cuivre occupait une grande place. On l'avait dégarni, et le matelas de plumes, recouvert de coutil rayé, était roulé et attaché par des ficelles, ce qui évoquait de nouveau l'idée de départ ou d'aménagement. Sur la cheminée et sur la petite table de chevet, des dessus de dentelle au crochet. Un châle de cachemire jeté sur un fauteuil. Les rideaux de satin rose luisaient doucement. Un panneau de guipure représentait un cygne, parmi les vagues. Un petit chandelier d'argent, à la bougie intacte, avait l'air d'attendre sur la table de chevet. Une boîte d'allumettes de marque périmée demeurait à portée de la main.

L'armoire à linge, imposante et close, semblait renfermer des trésors, derrière ses portes de noyer sculpté.

La salle de bains possédait une baignoire, haute sur pattes, à l'émail un peu jauni, des robinets de cuivre et un immense réservoir d'eau, en cuivre également.

La cuisine se faisait surtout remarquer par son fourneau à charbon, très long et très noir, astiqué de frais. L'évier de pierre affichait un seul robinet énorme, couleur vert-de-gris.

Dans son ensemble l'appartement produisait une sorte de malaise, pareil à une demeure déjà quittée et cependant hantée.

Tel qu'il était dans son ambiguïté, l'appartement attendait Christine et Bernard. Mais Christine et Bernard ne s'en souciaient guère, ayant déjà visité quantité de studios et d'appartements, pour finalement se fixer, rue du Commandeur, dans un immeuble neuf.

En cet instant précis Christine et Bernard célébraient leurs fiançailles en pays de Loire. Jardin fleuri, longue maison de pierre blanche. Les parents de Christine qui menaient grand train étaient aussi simples et joyeux que leur fille. D'un commun accord ils avaient décidé de prendre en charge le jeune ménage jusqu'à la fin de ses études.

On but quantité de vin de Bourgueil et de Vouvray.

Un jour, Bernard avait renoncé à écrire des poèmes et à toutes sortes de rêveries pour étudier le droit, accomplissant ainsi le vœu le plus cher de sa mère qui s'en montra fort contente. Et maintenant il allait se marier, fonder une famille avec Christine, et rien ne clochait dans sa vie claire et limpide.

N'était-il pas jusqu'à son grand corps dégingandé qui retrouvait souplesse et liberté, empêché si longtemps par mille petits fils invisibles, cousus par sa mère, à même sa peau, quand il était enfant et dormait dans son petit lit, contre le grand lit maternel.

Le ronronnement de la machine à coudre avait accompagné toute son enfance. Les chiffons multicolores sur les meubles, les bouts de fils sur le tapis, les aiguilles renversées, fuyantes comme du mercure. La mère de Bernard avait dû tailler et coudre des centaines de robes, de manteaux et de costumes.

Cette femme a été abandonnée par son mari, voyez comme elle travaille pour élever son fils.

— Ne touche pas.

— Tiens-toi tranquille, maman travaille.

— Vas jouer dans ta chambre, c'est Mme Michaud qui vient essayer sa robe.

La voilà au bout de la table qui toque avec son dé d'argent sur la nappe pour réclamer la parole.

Ma mère est morte depuis deux ans déjà, mais son âme besogneuse se mêle à la fête. Sa petite silhouette noire et frêle ne pouvait manquer d'apparaître au repas de fiançailles. Christine appuie sa tête sur mon épaule pour attirer mon attention. Elle me dit que j'ai trop bu. Sa main très douce sur mon bras. L'image de ma mère, au bout de la table, disparaît instantanément. Christine est le contraire d'un songe. Elle est la vie.

Je suis sauvé, pensa Bernard, en serrant très fort la main de Christine dans la sienne.

Christine était coryphée à l'Opéra. La première fois

avec Bernard c'était il y a six mois. De simples camarades ils étaient devenus amants.

Tout d'abord une sorte d'illumination s'était emparée de Bernard en pénétrant dans la chambre de Christine, rue Cardinal-Lemoine. Un lit étroit, une table, deux chaises, des murs nus, sauf un où brillait doucement une barre de cuivre. Des chaussons de danse accrochés à la tête du lit. Ces petits chaussons surtout attendrissaient Bernard. Il les prit dans sa main et les examina longuement. Les traces d'usure le touchaient comme des blessures. A partir de ce moment les choses allèrent très vite dans le cœur de Bernard.

A sa demande Christine fit tous ses exercices à la barre, sans mise en scène. Maillot noir, gros bas de laine jusqu'aux cuisses. Le mouvement pur et dépouillé, capté à la source même de son élan. Puis elle se lança dans une improvisation, sans se soucier de rien d'autre au monde. Sous les yeux de Bernard elle s'absorba dans la possession parfaite de ses gestes et de son corps.

Bernard, quoique ébloui par la grâce de Christine, se sentait exclu de la délectation profonde dont rayonnait la jeune fille. Il ne put supporter sa solitude, devint terriblement jaloux et angoissé. Il finit par appeler Christine, à voix basse.

— Christine, Christine, je suis là!

Christine cessa de bouger graduellement, comme à regret.

— Qu'est-ce que tu as? Qu'est-ce que tu veux?

Bernard s'entendit répondre d'une voix rauque :

— Toi, Christine, toi, je te veux, toi. Regarde-moi, je t'en prie.

Christine se secoua pareille à un chat qui reçoit des gouttes d'eau. Elle était essoufflée. Elle riait. En un instant elle fut présente et radieuse.

— Toi, toi, Bernard, je...

Elle sauta dans ses bras. Elle était la danse. Elle était l'amour. Ils firent les gestes de l'amour ensemble avec tendresse et maladresse.

Le retour en train. Les paysages paisibles. Le fil calme de la Loire où percent des îlots de sable blond. La douce lumière tamisée.

Les fiancés se serrent l'un contre l'autre. Vêtus comme des frères jumeaux. Jeans et pull-overs. Hanches étroites chez la fille comme chez le garçon.

Gare d'Austerlitz. Foule d'après le congé de Pentecôte. Fracas des machines. Mouvements de trains, de voitures et de métros. Voyageurs courbés sur leurs bagages. Transhumance humaine vers Paris.

Christine et Bernard descendent du train. Ils se tiennent par la main. Les voilà qui courent sur le quai. Ils traversent la gare sans souci de leurs sacs à dos, brinquebalés de droite et de gauche. Ils se précipitent dans les couloirs du métro.

Une rame vide attend les voyageurs. Les jeunes gens, tout essoufflés, se débarrassent de leurs bagages. Ils s'embrassent comme après une longue absence. Bernard ouvre un livre de droit. Christine relit ses notes sur le boléro de Ravel.

Des voyageurs encombrés de bagages montent et s'installent. Petits bourgeois. Jeunes gens barbus et chevelus. Deux gitanes, jupes longues et regards perçants. Disciples de Krishna, têtes tondues et visages blêmes.

Le métro démarre. Christine et Bernard sont un instant séparés par la foule. Les jeunes gens se retrouvent pareils à des somnambules. Ils s'embrassent. Ils feignent de lire et d'étudier, appuyés l'un sur l'autre. Bientôt ils chuchotent, seuls au monde.

— Tu as connu beaucoup de garçons avant moi?

— Tu es le premier. Et toi tu as connu beaucoup de filles, avant moi?

— Tu es la première.

Bernard tente de retourner à sa lecture. Mais il ferme aussitôt son livre et murmure à l'oreille de Christine.

— Je voudrais faire l'amour avec toi. Tout de suite.

— Moi aussi, je voudrais faire l'amour avec toi. Tout de suite.

Ils s'embrassent sous l'œil indifférent des voyageurs.

— Tu sens bon, Christine.

— Tu sens bon, Bernard.

Ils s'embrassent à nouveau.

— J'ai tout le temps envie de te prendre, Christine.

— Quand nous serons mariés tu crois que ce sera la même chose?

— Toujours, sans arrêt, le matin, le midi, le soir.

Un peu avant la station Cardinal-Lemoine, Christine ramasse son sac. Bernard l'aide à fixer les sangles.

— Tu es sûre que tu pourras porter tout ça, toute seule?

— Oui, oui, ne t'inquiète pas. Je rentre chez moi et toi tu n'as que le temps de te précipiter pour ton cours. A tout à l'heure, au Grillon Vert, comme d'habitude.

Le métro s'arrête à la station Cardinal-Lemoine. Christine descend. Le métro repart. Christine s'éloigne sur le quai. Bernard la regarde s'éloigner. Peu à peu la vie s'efface sur le visage de Bernard. Il devient songeur et abattu, l'air d'un enfant abandonné.

Lorsque tu me quittes, Christine, c'est comme si je mourais. Le trou d'air. Oui c'est cela la même impression de tomber dans le vide. Ma vieille horreur du métro me reprend. Je m'enfonce au plus creux de la terre. Son cœur de feu et de glace. Au niveau des morts.

Les murailles grises défilent dans l'obscurité. Un instant les stations éclairent la nuit. Puis à nouveau le noir, les murs gris, les espèces de tuyaux rouges et bleus. Parfois la réclame Dubonnet à moitié effacée, comme une fresque perdue.

Une voix de femme émerge peu à peu du fracas du métro. Acidulée, ironique, persifleuse, elle se rapproche de plus en plus. Elle chante. On distingue bientôt les paroles. Bernard éprouve la sensation aiguë qu'on s'adresse à lui.

Il ne faut pas se désoler
Pour si peu, mon ami,
Une de perdue,
Une de retrouvée.
Celle qu'on n'attendait pas
Sort de l'ombre
Creuse sa galerie profonde
Au cœur noir de la terre
Pour venir jusqu'à toi.

Cette voix étrange qu'il n'arrive pas à localiser (il y a tant de monde dans le wagon) atteint Bernard au plus profond de lui-même. En guise de défense il se croit obligé d'écrire, à la pointe feutre, sur un panneau publicitaire : « Bernard aime Christine. Christine aime Bernard. » La voix ricane dans l'ombre.

On entend un craquement sinistre. Le métro s'arrête brusquement. La lumière s'éteint. La voix cesse de ricaner comme déchirée par ce craquement. Cela se passe un peu avant la station Cluny. On aperçoit le quai, sombre et désert, tout proche. Certains voyageurs ont perdu l'équilibre sous le choc. Murmures de mécontentement. Exclamations. Le métro se remet en marche par saccades. Puis il s'immobilise à nouveau. Dans le noir. Arrêt complet à la station Cluny.

Ce que Bernard craignait le plus au monde vient d'arriver. Une panne dans l'obscurité d'une station fermée. Ce lieu est interdit au public. Bernard a la gorge serrée.

Un poids sur la poitrine. Les voyageurs sont inquiets. Le contrôleur sur le quai tente de rassurer tout le monde.

— Messieurs-dames, vous êtes priés de rester à vos places. Un petit ennui technique est survenu qui sera bientôt sous l'entier contrôle de la RATP.

Des ouvriers surgissent sur le quai avec leurs lampes de poche. Ils s'affairent pour réparer la panne. Ordres divers criés. Le métro se remet en marche dans un grand vacarme. Dominant le bruit un net claquement de portière. La lumière s'allume à nouveau. Bernard sent un regard posé sur lui. Il lève les yeux. Une jeune femme l'observe avec insistance. Bernard éprouve une gêne insupportable. La jeune personne qui se tient devant lui est incroyablement belle et pâle, pétrifiée dans son âge parfait. Les yeux sombres remontent vers les tempes. Bernard tente de soutenir le regard de la jeune femme. Mais en vain. Il baisse les yeux inexplicablement. Puis contemple la jeune femme à nouveau. A la dérobée. Il s'étonne de ne pas l'avoir remarquée plus tôt. Comment cela est-il possible? Une créature aussi singulière ne peut passer inaperçue. Elle devait être assise sur une banquette, à l'autre bout du wagon. La voici maintenant debout à côté de Bernard, subissant tout contre lui les secousses du métro. Sans se raccrocher à rien. Droite et souveraine, comme insensible aux vibrations du train en marche.

La jeune femme regarde droit devant elle, sans voir, semble-t-il, pareille à une aveugle, constate Bernard. Soulagé par cette idée comme s'il venait d'échapper à un danger, il essaie de lire. La jeune femme détourne la tête. Elle fixe son regard, ou du moins fait semblant de le faire, sur une femme brune, habillée en gitane. Celle-ci se rebiffe, furieuse.

— Non, mais alors, qu'est-ce que vous avez à me regarder comme ça?

Une voix enrouée, sifflante, s'échappe de la poitrine asthmatique d'un homme qui surgit du fond du wagon. L'homme a une barbe grisonnante, des yeux marron, tristes, couleur de boue. Il est habillé d'une façon démodée. Veston étriqué et col dur. Il arbore un air triomphant. Il se frappe la poitrine d'un geste large.

— Mais c'est moi qu'elle regarde!

La jeune femme a un sourire vague qu'elle cache aussitôt derrière sa main, comme un enfant pris en faute. Ses cheveux noirs, très fins, relevés en chignon, ont un reflet bleu argenté, presque lunaire, qui enchante et inquiète. Elle porte une jupe longue à la taille cintrée. Un chemisier à manches gigot. Un col haut. Un chapeau à fleurs.

A la station Odéon, la jeune femme descend. Bernard se précipite derrière elle. Au moment où Bernard quitte le wagon, l'homme asthmatique a une quinte de toux qui l'étouffe. Il emboîte le pas derrière Bernard. Il semble curieux de voir ce qui va se passer. La jeune femme grimpe l'escalier en tenant sa jupe longue à deux mains. Puis elle disparaît dans un couloir. Bernard est retardé dans sa course par un groupe de voyageurs venant en sens inverse. Il perd la trace de la jeune femme. Il parcourt au pas de course tous les couloirs, jette un coup d'œil sur tous les quais. Il se hâte vers la sortie. L'homme asthmatique suit Bernard, à une certaine distance. A mesure que l'homme avance, il semble de plus en plus inquiet et fatigué. Il se tapit contre la muraille et attend la jeune femme. Celle-ci marche avec prudence. Elle va pour grimper l'escalier mécanique qui mène à la rue lorsque l'homme lui saisit le coude et la ramène en arrière.

— La lumière! Attention à la lumière! Il ne faut pas sortir. Pas encore.

Le beau visage de la jeune femme s'altère. Elle se plaint doucement, la tête sur l'épaule de l'homme.

L'horloge de la place de l'Odéon marque six heures du soir. L'homme asthmatique et la jeune fille reculent, accablés, vieillis, à l'intérieur du métro.

La place est pleine de monde. Mouvement de foule. Petits attroupements autour du monument de Danton. Marchands de journaux. Marchands de bonbons. Marchands de bijoux. Bernard cherche dans la foule. Il guette les voyageurs à la sortie du métro. Après un moment d'attente, il traverse le boulevard Saint-Germain. Examine avec attention les gens à la terrasse des cafés. Quelques femmes lui sourient. Bernard ne s'en aperçoit pas. Il fait le tour des cafés. Il finit par s'asseoir à une terrasse. Sans pensée, vidé de lui-même, de Christine, de ses fiançailles et du monde entier, sauf d'une femme inconnue, étrange et glacée, qu'il s'agit de retrouver à tout prix. Tendu, dans une sorte de quête épuisante, il ne cesse de chercher du regard parmi les passants.

Une jeune fille, vêtue d'une jupe longue en patchwork et d'un T'shirt marqué « I'm feeling free », s'est arrêtée à la table de Bernard. Elle passe ses mains devant les yeux du jeune homme, comme pour s'assurer qu'il n'est pas aveugle. Bernard sursaute. La vulgarité de la jeune fille, son air effronté, lui donne un haut-le-cœur. Le monde entier lui apparaît soudain terriblement grossier et choquant. Les passants, les cafés, les boutiques, les voitures.

La jeune fille s'assoit à la table de Bernard.

— Tu m'offres un café, Bernard?

Bernard appelle le garçon. Commande deux cafés. Ni ses gestes ni sa voix ne paraissent lui appartenir. Je suis hors de moi, pense-t-il. *Ma vraie vie est ailleurs.*

La jeune fille s'impatiente.

— Tu sembles ravi de me voir?

Silence de Bernard. Il tente de se ressaisir, de se reprendre en main, comme après un sommeil trop profond. Le garçon apporte les cafés. La jeune fille boit. Bernard ne touche pas à sa tasse. Peu à peu il se remet à observer les femmes qui passent.

— Le moins qu'on puisse dire c'est que tu n'as pas beaucoup de conversation, mon pauvre Bernard. Christine ne doit pas s'amuser tous les jours avec toi.

— Laisse Christine tranquille!

Le ton furieux de Bernard l'étonne lui-même. Il remarque la jupe longue de la jeune fille. Flambe de colère de la tête aux pieds.

— Pourquoi t'es-tu costumée, Muriel? C'est ridicule. Ça ne te va pas du tout. Bien peu de femmes savent porter le long avec grâce. Tu es grotesque.

25

Muriel se lève, blanche de rage à son tour. Elle se faufile entre les tables. S'éloigne précipitamment.

Oubliant sa colère, comme un vent subit aussitôt retombé, Bernard paye le garçon et quitte le café. Il se sent léger, rendu à son unique raison d'être : marcher dans la ville, dévisager chaque femme qui passe, dans l'espoir de découvrir celle qu'il cherche. Mais à mesure qu'il avance dans les rues encombrées et que les femmes défilent devant ses yeux, le découragement et l'angoisse s'emparent de lui. Comment demeurer au plus haut point de l'attention? Comment maintenir cet état de vive tension? Qui sait quelle défaillance du cœur, quelle lassitude, quelle baisse d'énergie peuvent survenir et empêcher qu'il *la* reconnaisse dans la foule?

Amphithéâtre encombré. Pendant que le professeur donne son cours, quelques étudiants fument, d'autres somnolent. Bernard fait semblant de prendre des notes. Il écrit sur son bloc tout ce qui lui passe par la tête. Le professeur a une petite tête lisse, aux cheveux courts, avec une raie sur le côté. Il chuchote plutôt qu'il ne parle. Certains bouts de phrases éclatent comme des invectives et réveillent ceux qui dorment.

— Et c'est alors que le mort saisit le vif!

On peut lire en outre sur le bloc de Bernard : « Tout homme trouvé en état d'ivresse sera mis en état d'arrestation. Qui a bu boira. Dent pour dent, œil pour œil. Son œil sombre, ses dents blanches. La fille aux cheveux de nuit s'est volatilisée. Bien fin qui la trouvera. Rien ne sert de courir il faut partir à temps. »

Bernard regarde l'heure à sa montre. Il éprouve

la nécessité absolue de bondir hors de la salle de cours, comme un chat qui a entendu un oiseau.

Il se lève et laisse tomber ses notes à terre. Il remet son blouson et se prépare à sortir. Il heurte un camarade tout essoufflé qui arrive. Le camarade ramasse les notes de Bernard.

Bernard est déjà loin.

Place de l'Odéon. L'horloge marque sept heures trente. Bernard redescend dans la bouche du métro. Explore encore une fois les quais et les couloirs. Près de la cabine de photo un jeune homme coiffe sa longue barbe et ses longs cheveux. Ses gestes sont graves et lents. Hiératiques. Il entre dans la cabine. Bernard quitte le métro. Le voilà qui erre dans les rues avoisinantes, comme une âme en peine.

Rue de la Harpe, rue de la Huchette, rue Saint-André-des-Arts, carrefour de Buci.

Bernard contemple d'un air hébété les masses de fleurs ruisselant sur le carreau. Leur couleur, leur odeur le rafraîchissent, le raniment peu à peu. Il choisit un bouquet d'anémones, fleur par fleur. Le passage du rose au violet, leur entente profonde, leurs échanges secrets enchantent le jeune homme.

Rue de la Harpe. Son bouquet à la main Bernard

reprend ses recherches. Systématiquement. Mais sans entrain. Une telle fatigue l'accable avec le soir qui vient. En vain il interroge les longues files de gens qui attendent pour entrer dans les cinémas. Aucune de ces femmes à la queue leu leu ne ressemble, ne peut ressembler à l'étrange apparition du métro.

Boulevard Saint-Germain. Son bouquet à la main Bernard passe une première fois devant la terrasse du Grillon Vert là où est assise Christine, mais sans la voir. Christine appelle Bernard. Bernard revient sur ses pas. Il embrasse sa fiancée machinalement et semble très las. Il veut offrir son bouquet mais les fleurs ont disparu. Il ne reste qu'un cornet de papier vide. Ce cornet vide pourtant Bernard le tend à Christine comme si les fleurs étaient toujours dedans. Christine est sidérée. Elle rejette le cornet sur la table.

— Qu'est-ce que c'est que ça?

— Ah! J'ai dû laisser tomber les fleurs sans m'en apercevoir!

Christine rit.

— Tu es dans la lune, Bernard. C'est pas croyable!

Bernard rit, confus. Il a l'impression de commettre une mauvaise action en riant de la sorte. La vie serait-elle devenue si grave désormais que l'ombre même d'un sourire semble une imposture? Bernard s'assoit à la table de Christine. Le silence se creuse entre les deux jeunes gens. Un tel malaise maintenant entre eux. La séparation a déjà eu lieu. Cette fille aux joues trop rondes est devenue une étrangère. Qu'elle claque seulement ses deux sabots sur le sol et Bernard la quitte sur-le-champ, à jamais. Il ne peut supporter un tel bruit venant de Christine ou de n'importe qui d'autre. Ce genre de chaussures le choque et l'horripile.

Mais Christine ne bouge pas, ne peut bouger, toute attentive et déjà blessée par le silence de Bernard.

— Qu'est-ce que tu as, Bernard?

— Moi? Rien. Je t'assure.

Silence prolongé. Comment expliquer que le désir possède Bernard jusqu'à la moelle de ses os, et que sa petite fiancée n'y a point part? Il a suffi d'un instant, tout à l'heure dans le métro, face à une inconnue, pour que Bernard soit transformé comme quelqu'un qui passe sur l'autre versant du monde. Déjà il ne peut s'empêcher d'examiner les femmes qui passent. Malgré la présence de Christine.

Christine est outrée.

— Bernard!

Bernard n'entend pas Christine. Il vient d'apercevoir, de dos, une jeune fille qui porte une jupe longue. Il se précipite à la suite de la jeune fille. Celle-ci se retourne. Visage lourd et bouffi, lippe dédaigneuse. Bernard se rassoit à la table de Christine.

— Qu'est-ce qui te prend?

— Excuse-moi, je t'en prie. Je me suis trompé. Je m'imaginais connaître cette personne.

— C'est intolérable à la fin!

— Je ne recommencerai plus, je t'assure.

Bernard a l'impression de parler une langue dénuée de sens et réduite au son. Ce qu'il dit lui est devenu tout simplement incompréhensible.

Mais voilà que la voix redevenue joyeuse de Christine enchaîne.

— Embrasse-moi, Bernard.

Bernard embrasse Christine sur la joue par-dessus la table. La rondeur de cette joue lui semble à nouveau intolérable. Un sentiment jusqu'alors inconnu se fait jour dans son âme : la pitié.

Christine un instant a fermé les yeux pendant que les lèvres de Bernard effleuraient sa joue. Elle s'étonne maintenant.

— Mieux que ça. Pour vrai. Allez recommence.

— C'est la table entre nous qui me gêne. Où allons-nous dîner, ce soir?

— Au Pierrot Gourmand, comme d'habitude.

Toujours cette langue étrangère, ces mots anciens qui reviennent chez Christine comme chez lui. Cette vie antérieure, évoquée à grand renfort de mots creux. Comment échapper à l'habitude qui le lie à Christine.

— Si on changeait un peu?

— Changer de restaurant? Mais pourquoi? On a retenu. Tu as déjà oublié?

Bernard s'entend dire.

— Allons au Pierrot Gourmand, puisque tu y tiens, quoique la cuisine manque totalement de finesse.

Ils marchent dans les rues. A cent lieues l'un de l'autre. Christine a pris la main de Bernard qui ne semble pas s'en apercevoir, alors que tout son être se révulse au contact de cette main chaude et douce. Sur le boulevard, le vent agite les arbres. Le pollen voltige dans l'air comme de la neige. Bernard sursaute au moindre pas léger derrière lui. Toutes ces silhouettes de femmes entrevues, leurs parfums qui le frôlent, parfois la surprise de leurs voix, trop sonores et fortes, l'oppressent et l'épuisent.

Le restaurant est plein de reflets roses. Des rideaux roses à carreaux, des nappes et des serviettes roses. Sur les tables des abat-jour roses. Une vraie bonbonnière, pense Bernard, profondément écœuré, comme s'il découvrait le restaurant pour la première fois. La familiarité des patrons et de la serveuse lui semble hors de propos. Ce gros homme chauve, en bras de chemise, qui essuie des verres derrière le comptoir, se croit obligé de s'écrier bruyamment :

— Bonsoir les amoureux! Votre table vous attend!

Quelle comédie!

La nourriture sent trop fort ici. Les coquilles saint-jacques puent l'ail, et le vin a trop de bouquet. Bernard en vient à rêver d'un bol de riz blanc. Tandis que l'image d'une longue fille noire, aux pommettes saillantes, aux yeux bistrés, se tient immobile, devant lui.

Christine mange, boit et rit. Bernard picore d'un air

dégoûté. Au moment du gigot il repousse franchement son assiette. Christine n'en revient pas.

— Ce gigot est excellent, et les flageolets une merveille. Tu es malade, Bernard?

— Je n'ai pas envie de manger, voilà tout.

— Tu ne manges pas, tu ne parles pas. On dirait que tu boudes. C'est pas très drôle, je t'assure.

— Excuse-moi, Christine. J'ai si mal à la tête.

— Il faut prendre une aspirine.

Christine appelle la serveuse qui revient aussitôt avec une aspirine et un verre d'eau. Bernard avale le tout d'un air résigné. Il dessine des croix sur la nappe avec son couteau. Il remarque que Christine a le visage congestionné et les yeux humides. Trop de vin. Pourvu qu'elle sache se tenir et ne lui fasse pas du pied sous la table. Il ne le supporterait pas.

Bernard se lève de table.

— Bon, je crois que je vais rentrer.

— Déjà? Tu ne viens pas à la discothèque? Et Philippe et Sophie qui nous attendent?

— Je préfère rentrer.

— Je t'accompagne.

— Tu sais bien que ce n'est pas possible. Ma logeuse me ficherait à la porte si j'emmenais une fille chez moi.

— Si on allait à *notre* studio?

— A cette heure? Et puis il n'y a pas encore de meubles dans *notre* studio.

— Tu as les clefs? Bon. Allons-y.

De nouveau le boulevard Saint-Germain. Bernard voudrait se fondre dans la nuit. S'amalgamer aux ombres les plus obscures qui passent. N'être plus lui-même. Devenir noir dans le noir. Surtout ne plus sentir le poids charnel du bras de Christine sous le sien. Être tranché de ce bras qui lui pèse. Ne plus éprouver son poids léger, sa tendre chaleur. Se dissoudre dans les ténèbres.

On entend des bribes de phrases qui fusent de-ci de-là. Au gré des rencontres. Les voix sont jeunes. Parfois un accent étranger, une langue étrangère. Chevelures déployées, lisses ou crêpelées. Jeans usés, baskets ou sabots. Filles et garçons défilent sans but apparent, en un flot lent. Promenade. Drague. On marche à petits pas. On s'agglutine aux carrrefours.

A l'angle du boulevard Saint-Germain et du boulevard Saint-Michel, Christine et Bernard décident de prendre un taxi.

Les ruines de Cluny sont blanches dans la nuit. Le jardin est plein d'ombres vagues. De grandes bêtes fabuleuses, rongées par le temps, montent la garde.

Les jeunes gens, au bord du trottoir, fouillent du regard les voitures qui passent, à la recherche d'un taxi.

Il y a un instant elle n'était pas là et puis la voici qui s'avance le long de la grille, lentement, avec précaution, suivie d'un homme asthmatique.

Bernard fait un signe pour arrêter un taxi. Soudain, il reconnaît la jeune personne du métro et son compagnon. Le taxi s'arrête dans un grincement de pneus. La jeune femme s'éloigne sur le boulevard Saint-Michel. Bernard se précipite derrière elle. Il crie à l'intention de Christine.

— Fais-toi conduire au studio! Je te rejoins tout de suite.

Bernard court à travers la foule. La jeune femme disparaît avec son compagnon. Bernard se bute aux passants qui viennent en sens inverse. Le voici qui emboîte le pas maintenant. Il est si près d'elle qu'il pourrait saisir sa longue jupe à pleines mains. Cette seule pensée le fige sur place. La jeune femme se retourne. Tandis que son compagnon continue de marcher. Elle regarde Bernard d'un air moqueur. Ses yeux se plissent de malice. Elle chuchote :

— Pourquoi me suivez-vous, monsieur?

Silence de Bernard.

La jeune femme insiste :

— Que voulez-vous?

Bernard balbutie :

— Moi? Rien. C'est-à-dire, vous voir, vous parler peut-être...

Une statue méprisante. Une grande pierre debout qui foudroie du regard. Une voix glaçante.

— Hé bien! Regardez-moi. Parlez-moi. Alors? Je suis là. Hé bien?

Comment vivre après cela. Cette rebuffade. Cette ironie mordante. Comment répondre surtout. Bernard se tait, incapable d'articuler une parole.

L'homme asthmatique est revenu sur ses pas. Il rit dans sa barbe et tousse. Le voici qui prend le bras de la jeune femme pour s'éloigner avec elle.

— Venez Héloïse, nous sommes en retard.

Christine attend toujours au coin des boulevards Saint-Michel et Saint-Germain. Quelques garçons l'abordent. Elle fait « non » de la tête. Dégage son bras. Prend un visage fermé. On fait cercle autour d'elle. On rit.

Bernard descend le boulevard, Saint-Michel, à pas lents. Se dirige vers Christine comme quelqu'un qui ne peut éviter de le faire. Cri de Christine.

— Mais qu'est-ce que tu fais?

Bernard semble sortir d'un rêve.

— Et le taxi?

Fureur de Christine.

— Figure-toi qu'il n'a pas voulu attendre. Qu'est-ce qui se passe à la fin?

— J'avais cru apercevoir Jean-Claude. Je lui dois des sous. Alors comme je sais qu'il est très serré en ce moment...

— Tu me caches quelque chose, c'est certain.

— Je suis fatigué, voilà tout. Très fatigué.

Se laisser couler dans la fatigue. N'avoir plus pied. Le gouffre. L'absolue vérité qui se cache au fond là où aucun mensonge ni pitié ne peuvent subsister. Répudier Christine.

Christine évite de regarder Bernard. Ce mauvais visage qu'il a, ne pas le laisser s'imprimer en elle. Faire appel à toutes les forces joyeuses de son être. Demeurer superficielle et gaie, afin de ne pas mourir.

La première Christine aperçoit le taxi. Elle lève le bras, très haut, au-dessus de sa tête, comme on lui a appris à le faire, à l'école de danse.

La porte en contre-plaqué imite l'acajou. Bernard tourne la clef dans la serrure. Ouvre et referme la porte. Les voilà plongés dans l'obscurité. Bernard flambe une allumette pendant que Christine remet le disjoncteur. Elle parcourt le studio-cuisine-salle de bains en allumant toutes les lumières sur son passage. Bernard est submergé par ce flot de clarté réverbéré sur les murs blancs. Un instant il met la main sur ses yeux.

— Cet éclairage est trop violent! On dirait des projecteurs braqués sur nous. Comment peux-tu supporter ça, Christine?

Christine n'entend pas Bernard. Elle va de-ci, de-là, disposant des meubles en rêve, cousant des rideaux, inventant des tissus et des couleurs, arrangeant une armoire de toilette dans la salle de bains, un réfrigérateur dans la cuisine, fixant solidement sur le mur le plus vaste une barre de cuivre pour ses exercices. Elle s'émerveille de l'espace clair et nu livré à son imagination.

— Ravissant! Là nous mettrons deux gros poufs par terre et une table basse. Du design partout. La cuisine est formidable. J'adore l'inox, et toi? Bernard, tu m'écoutes? Où mettrons-nous le canapé-lit? Comme ça au milieu du mur de gauche? Ou un peu de côté, près de la fenêtre?

Ébloui par la lumière blanche, saisi par l'odeur de plâtre frais, Bernard se renfrogne de plus en plus. En vain il guette au plafond uni quelque moulure pour y accrocher son regard. Tout glisse ici. Il n'y a prise sur rien. Tout a été raboté, lissé, émaillé. La nudité originelle. Les limbes. Le néant. Je ne puis vivre ici dans cette boîte blanche. Ces murs polis en vain je les râcle avec mes ongles. Rien. Pas la moindre trace d'égratignure. Pas l'ombre d'un signe. Jamais je ne pourrai travailler ici. La page blanche reprise par quatre murs et un plafond bas. Vertige. Le temps n'est pas encore commencé dans ces lieux. C'est d'avant les infusoires et le plancton. D'avant la création du monde. Fuir le plus rapidement possible. Prévenir Christine que jamais je ne vivrai avec elle dans ce *lieu flagrant et nul*.

— Christine! C'est ignoble!

— Qu'est-ce qui est ignoble?

— Tout est ignoble ici. Trop neuf. Vide. C'est inhabitable. Irrespirable.

— Mais nous l'avons choisi ensemble ce studio. Hier

encore tu étais ravi. Qu'est-ce qui t'arrive, Bernard?
Je ne te comprends pas.

— C'est trop froid. Ça n'a aucun cachet, aucun
charme. C'est immonde. Viens! Nous trouverons autre
chose.

— Mais nous avons signé le bail!

— Nous résilierons le bail. C'est invivable. Tu ne sens
pas cet air glacé qui nous prend à la gorge? Viens, je
t'en prie, Christine. Rien n'est habité ici.

— Justement c'est à nous de l'habiter ce studio, de lui
donner vie.

— C'est au-dessus de mes forces. Viens, sortons, je
t'en supplie.

La colère de Bernard est déjà tombée, comme un
mauvais feu qui ne prend plus. Il n'éprouve qu'une
immense fatigue, une détresse sans nom.

— Je ne comprends pas, Bernard. Tu m'impressionnes
et tu me fais peur.

Christine s'est assise par terre, dos au mur, dans la
pièce vide. Elle pleure.

— Ne pleure pas Christine. Nous trouverons autre
chose.

— C'est si difficile de trouver un appartement à Paris,
et celui-ci était si joli.

— Inhumain! Sans patine! Sans passé! Tu pourrais
faire l'amour ici, toi? C'est comme si on essayait de
faire ça dans un bloc de glace. Viens. Partons.

Les jeunes gens sortent de l'appartement. Christine

veut prendre l'ascenseur. Bernard la tire par la main et l'entraîne vers l'escalier.

— Non pas l'ascenseur, je t'en prie! J'ai horreur de ces ascenseurs modernes, hermétiquement fermés, comme des cercueils!

Ils dégringolent l'escalier.

Christine a recours à des phrases très ordinaires pour tenter de ramener son inquiétude à des proportions normales.

— Tu es sûr que tu n'es pas malade, Bernard?

Tout en dévalant les marches Bernard annonce :

— Demain nous trouverons un autre logement.

La plaque bien astiquée est gravée au nom de Xavier Bottereau, agent immobilier. Il suffit de pousser le bouton, à droite, et la lourde porte cochère s'ouvre lentement.

Voici la cour encombrée de ferrailles. On distingue, dans le lot des carcasses de bicyclette, une baignoire tordue, montée sur des pattes de lion, les roues immenses d'un landeau d'enfant, des fers à cheval rouillés, en tas. Mais ce qui domine nettement dans ce fatras c'est une voiture 1900. Elle brille de tous ses feux et semble attendre les voyageurs. Noir de jais. Cuivre étincelant.

Les jeunes gens se frayent un passage jusqu'au fond de la cour. Il fait sombre, malgré l'heure matinale. On aperçoit une petite boutique basse, blottie contre l'immeuble du fond. La porte est fermée.

Bernard cherche en vain le bouton de la sonnette. Il cogne dans la porte avec son poing fermé. Sans recevoir de réponse. Christine s'accroche à son bras.

— Tu es sûre que c'est là, Bernard?

Bernard pousse la porte qui cède dans un grand bruit de clochettes. Les jeunes gens s'habituent peu à peu à l'obscurité. Tandis que le silence dure et les prend à la gorge. Ils distinguent à présent des meubles et des objets vieillots entassés. Un petit bureau en désordre. Une machine à écrire d'un modèle très ancien.

Christine vient de découvrir un étrange oiseau empaillé, au plumage terne, aux petits yeux brillants qui ont l'air de la fixer.

— Allons-nous-en Bernard. Il n'y a personne ici. Nous trouverons bien une autre agence.

Des cerceaux d'enfants avec leurs baguettes, attachées par des ficelles, sont accrochés au mur. Des ombrelles aux couleurs fanées sont disposées en faisceaux sur le sol, comme des baïonnettes.

On entend un bruit bizarre qui se rapproche dans le fond de la boutique. Des sortes de sifflements aigus, accompagnés de sons plus sourds et rauques. Une voix émerge avec peine de tout ce tumulte :

— Je vais rallumer le gaz. On n'y voit goutte.

Un homme est là devant eux qui s'affaire avec des gestes maladroits. Il allume un bec de gaz sur le mur.

— C'est plus doux pour les yeux.

Bernard reconnaît l'homme du métro, avec son veston étriqué et son col dur. L'homme s'incline d'un air obséquieux.

— Je vous attendais, mes agneaux. Que puis-je faire pour vous? Vos désirs sont des ordres.

Christine intervient :

— Vous nous attendiez? Il y a sûrement une erreur, monsieur...

Bernard s'impatiente. Ne pas laisser Christine s'en mêler davantage. Surtout qu'elle ne fasse rien pour empêcher le déroulement des événements. Il faut que cet homme nous trouve un appartement. Je m'en remets à lui seul. Quoiqu'il me répugne profondément.

— Nous cherchons un appartement et...

L'homme fouille dans la pile de papiers posés devant lui, sur le bureau.

— Voyons, voyons, un logement pour deux personnes...

Christine enchaîne rapidement.

— Nous devons nous marier bientôt.

L'homme tente de retrouver sa respiration.

— Mes compliments. J'ai ce qu'il vous faut. Un deux-pièces-cuisine-salle de bains...

L'homme prend une clef accrochée au mur, parmi d'autres clefs. Son col le gêne pour respirer. Il le détache. Le rattache aussitôt. Il brandit la clef.

— Voilà! Voilà! Allons-y! Je vous accompagne, mes agneaux.

Xavier Bottereau met d'immenses lunettes noires, un manteau ample, démodé, une écharpe et une casquette à carreaux. Il sort de la boutique suivi de Chris-

tine et Bernard. Les voici tous les trois dans la cour qui
se dirigent vers la voiture. Bottereau tourne la manivelle
et met le moteur en marche. La voiture démarre en
pétaradant. Passe sous la porte cochère. Bottereau descend pour refermer la porte. La voiture continue de
vibrer et de tressauter. Bottereau reprend sa place au
volant.

Bernard rayonne de paix. Comme si son destin se
trouvait soudain fixé. Le bras de vitesse, le volant, les
phares étincelants, les coussins de cuir noir lui plaisent
infiniment. Séduit. Je suis séduit, pense-t-il. Il n'est pas
jusqu'au teuf-teuf spasmodique du moteur qui ne lui
paraisse délicieux.

Par contre, les voitures qui roulent dans la rue, les
passants sur le trottoir, les agents en uniforme, tout ce
qui passe, se croise et se décroise autour de la Bugatti,
demeure, pour Bernard, frappé d'étrangeté déplaisante.
Au fond, il n'y a que la voiture de Bottereau qui sonne
juste dans ce monde absurde et débraillé.

On se retourne sur le passage de la Bugatti. On sourit.
On la montre du doigt. Un agent sursaute en entendant
le klaxon enroué. Christine éprouve un malaise grandis-
sant.

Bottereau rabat son écharpe sur son nez.

— Je suffoque. L'air qu'on respire ici est délétère!
Cette ville n'est plus vivable!

Les mains de Bottereau quittent le volant. Elles font
de grands gestes en direction du flot des voitures.

— Et ça? Et ça, vous croyez que c'est supportable? Ce bruit, cette fureur! Ça donne envie de se retirer chez soi et de dormir jusqu'à la fin du monde.

Christine a un mouvement d'inquiétude.

— Attention! La voiture là, à droite!

Quelle voix haut perchée! Le charme est rompu. Cette fille me gêne terriblement. Bernard ronchonne.

— Ne t'énerve donc pas comme ça, Christine.

Depuis quelque temps le paysage et les gens eux-même changent. Les rues sont plus larges, les arbres plus nombreux et touffus, les gens plus stricts et moins colorés. La Seine est franchie. La frontière dépassée. Nous voici sur la rive droite, tout près du Bois;

Dans un grand soupir la Bugatti s'arrête dans une impasse pleine d'arbres. Il n'y a personne ici. Les oiseaux, seul signe de vie, s'agitent dans les arbres, pépient à qui mieux mieux.

L'immeuble modern style semble sortir tout frais des mains des constructeurs. Au-dessus de la porte, se dégageant des volutes de pierre sculptées, une tête de femme a l'air de présider à la destinée de la rue tout entière. On peut lire dans la pierre, gravé à côté de la porte : eau et gaz à tous les étages.

Bernard se recueille devant la maison. Ce qui va se passer ne peut être que grave et nécessaire. Il a un long regard pour les arbres qui se joignent, de chaque côté de la rue, en une voûte sombre et feuillue, hantée d'oiseaux piailleurs. Il sent la main de Christine qui s'accroche à sa manche.

— Quel désert! Je crois que j'aurais très peur de rentrer ici, toute seule, le soir.

Il faut rassurer Christine tout de suite, l'empêcher de nuire au bon déroulement des événements. Bernard s'entend dire avec une voix fausse de ventriloque :

— Tu ne seras plus jamais seule, ma chérie, surtout le soir.

Sur la joue de Bernard le baiser mouillé de Christine. Bottereau a une quinte de toux. Bernard furtivement s'essuie la joue avec son mouchoir.

Une fois la porte d'entrée franchie, le silence et l'ombre semblent n'avoir plus de limites. Un instant de plus, un seul instant, pense Christine, et ce sera parfaitement intolérable.

Les voici, tous les trois, dans un ascenseur où s'emmêlent le fer et le verre en une sorte de folie immobile.

Bottereau ouvre la porte de l'appartement. Il s'efface pour laisser entrer Christine et Bernard. Il allume le gaz dans chaque pièce. Il enlève les housses sur les meubles.

Sous l'éclairage bleuté, l'appartement se montre dans toute sa splendeur surannée. Tapis épais. Rideaux brochés. Voilage de guipure. Immense lit de cuivre. Larges cheminées. Salamandre de faïence.

Bottereau s'efface. Il laisse le jeune couple prendre connaissance de l'appartement. Christine va de-ci, de-là, examinant tout sur son passage, s'exclamant. Prenant Bernard à témoin de l'étrangeté des lieux. Bernard suit Christine à distance, flairant les meubles et les objets, se frottant à eux, tel un chat qui découvre un nouveau territoire. Une sorte de fièvre s'empare de lui. Son plaisir est infini. Bientôt il ne peut plus mettre un pas devant l'autre. Le voici debout, au milieu de la pièce, pleine de lueurs rouge et or, éprouvant le moelleux du tapis, respirant cet air coloré qui le grise.

Rien ne peut rompre l'enchantement. La voix de Christine semble maintenant lointaine, presque irréelle :

— Nous cherchons un appartement vide pour le meubler nous-mêmes, n'est-ce pas, Bernard?

La voix grinçante de Bottereau donne la réplique à Christine, dans un autre monde, pourrait-on croire, banal et terre à terre, là où Bernard voudrait ne plus jamais avoir accès :

— J'ai meublé cet appartement avec des pièces authentiques achetées aux Puces et remises en état par mes soins, dans ma boutique.

De nouveau la voix de Christine, distante et feutrée :

— Je voudrais voir la cuisine et la salle de bains.

La voix de Bottereau à moitié couverte par des râles, pourtant hors d'atteinte, obséquieuse :

— Par ici, ma belle, par ici.

Ces gens-là parlent en rêve. Ils quittent la pièce.

Bernard est seul entre les murs rococo qui rayonnent sur lui de tous leurs feux, attisés par quelque magie secrète.

Christine a tout regardé, tout considéré et examiné avec soin. La salle de bains avec sa baignoire haute sur pattes et son immense réservoir de cuivre. La cuisine, son évier archaïque et son fourneau tout noir. Elle fait la moue. Bottereau s'approche par-derrière et lui prend la taille. Elle se dégage brusquement. Cet homme souffle comme une locomotive. Il sent la vase.

Bottereau rejoint Bernard au salon. Tandis que Christine s'attarde dans la cuisine. Elle ouvre les armoires de bois massif. Bernard s'assoit sur une petite chaise en tapisserie. Soudain très las. Bottereau, encore excité par Christine, tente de rejoindre Bernard.

— Qu'en dites-vous, jeune homme? Tout autour de vous n'est-il pas charmant et d'un goût exquis?

Bernard enchaîne très rapidement, comme s'il ne contrôlait plus ses paroles :

— C'est Christine qui me gêne. Ce vieux jean délavé, ce T'shirt, ces gros sabots, vous ne trouvez pas que ça détonne ici?

Le visage gris de Bottereau s'éclaire d'une joie mauvaise.

— Il est vrai qu'un peu plus de jupons, de broderies et de dentelle... Mais chez votre fiancée le sang est jeune et généreux...

En pensant à Christine, Bottereau passe sa langue sur ses lèvres, avec gourmandise.

— Et votre fille, monsieur Bottereau, comment se porte-t-elle?

Bottereau feint la surprise.

— Ma fille?

— Je veux dire « Héloïse ».

Il a prononcé le nom d'Héloïse, à voix basse, comme un secret qu'il craindrait de divulguer.

Bottereau a une quinte de toux. Il suffoque.

— Héloïse n'est pas plus ma fille que la vôtre, jeune homme. Simple rencontre sous terre. Les hasards du métro. Vous n'avez qu'à tenter votre chance.

Ne pas saisir la perche tendue par ce vieux démon. Faire volte-face. Remettre l'entremetteur à sa place. Avant qu'il ne soit trop tard. Repousser la tentation. Défendre Christine contre l'étranger. Me défendre avec elle. Nous opposer tous les deux aux manigances de Bottereau. Affirmer bien haut l'ordre ancien qui me lie à Christine. Pour le meilleur et pour le pire.

— Monsieur Bottereau, je me marie avec Christine. C'est décidé. Tout ce que je souhaite c'est cet appartement pour y vivre et pour y mourir.

Le ricanement de Bottereau s'étouffe dans sa poitrine.

— Bien entendu. Bien entendu.

Christine sort de la cuisine.

— Passe encore pour la salle de bains. Mais ce fourneau à charbon, non jamais je ne ferai la cuisine là-dessus.

Bernard promet de faire la cuisine tout seul, trois fois par jour, pourvu que Christine consente à louer l'appartement. Christine accepte. Tous deux signent le contrat de location, préparé par Bottereau. Celui-ci a le dernier mot.

— Pour vous, mes agneaux, ce sera quatorze cents francs, par année. A appartement d'époque, loyer d'époque. Voilà l'astuce.

L'orgue tonne. Les cloches carillonnent. La mariée, chaussée de ballerines, a l'air de vouloir danser *Giselle*. Robe mousseuse à mi-mollets. Sur ses cheveux courts une couronne de roses blanches. Le marié semble échappé d'une comédie de Labiche. Longue redingote, chapeau haut de forme.

Les voici qui quittent la noce. Passent en courant le portail de l'impasse des Acacias. S'engouffrent dans l'ascenseur. Le bruit de leurs cœurs essoufflés par la course.

Je suis marié à une femme que je n'aime plus, pense Bernard. Tandis que la perspective de retrouver l'appartement le calme et l'enchante.

Le seuil de la porte est franchi, comme il se doit. Le marié portant la mariée dans ses bras.

Deux tours de clef. Tirons le verrou. Nous voilà chez nous.

Bernard s'étire d'aise.

— Cet appartement me comble de paix et de douceur. C'est comme si je n'avais plus rien à désirer.

— C'est gentil pour moi. Bon, je vais faire le lit.

Christine, sans quitter sa couronne, ouvre l'armoire à linge et cherche des draps et des taies d'oreiller. L'armoire est grande et bien rangée. Des piles de draps blancs. Une odeur de lavande.

— Dommage que tu n'aies pas accepté le voyage de noces offert par tante Marthe. Un petit tour au Canada ça m'aurait bien plu, moi.

— J'avais hâte de me retrouver dans notre appartement, seul avec toi...

Ces derniers mots passent mal sur les lèvres de Bernard. Christine les devine plutôt qu'elle ne les entend. Elle est tout occupée à chercher ce qu'elle ne trouve pas, parmi les piles de draps. Elle s'énerve. Donne des signes d'impatience. Jette sa couronne par terre. Fourgonne, de plus en plus agitée, au milieu du linge blanc. Une pile de torchons glisse sur le tapis.

— Où sont donc passés mes draps de couleur et ceux en liberty? Il n'y a que du blanc ici. On a tout changé. C'est insensé! Qui a bien pu faire ça?

Bernard s'est approché de l'armoire, fasciné par toute cette blancheur, comme quelqu'un qui découvre la neige pour la première fois.

— Ça doit être un coup de ta grand-mère ou de tante Marthe. Tu sais comme elles sont attachées au vieux style.

— Jamais Mamie n'aurait fait une chose pareille, sans m'en parler.

— Tante Marthe alors?

Bernard lentement, gravement, déplie un drap.

— C'est ravissant ces broderies, ces jours...

— C'est peut-être ravissant mais ce n'est pas moi qui l'ai choisi. J'ai toujours l'impression dans cet appartement qu'on veut m'imposer quelque chose. C'est vexant, à la fin.

— Je vais t'aider à faire le lit.

Bernard et Christine font le lit. Draps de dentelle. Courtepointe de satin rose. Ils se déshabillent. Christine éparpille ses vêtements et ceux de Bernard, un peu partout, dans la chambre. Elle rit.

— Pour bien marquer notre territoire dans cet espace étranger!

Christine saute dans le lit. Le matelas de plumes s'enfonce sous son poids. Elle rit de plus belle.

— Je vais t'en faire un vieux style, moi! On va faire ça à la moderne, dans la plume et la dentelle!

Bernard rejoint Christine au lit après avoir minutieusement fait le tour de l'appartement et fermé le gaz dans la cuisine. L'appartement est plongé dans l'obscurité. On entend la voix de Christine qui proteste.

— Je veux faire l'amour en pleine lumière, moi!

Voix imperceptible de Bernard :

— Moi j'aime te prendre dans le noir comme si tu étais une inconnue.

Rien ne manque aux caresses habituelles. Il s'agit d'observer le rituel, et la mariée ne se rendra compte de rien. Le cœur n'y est plus. Les gestes seulement.

Puis Bernard se retourne contre le mur.

Pelotonnée au bord du lit, dans la marge fraîche des draps, Christine appelle d'une petite voix plaintive. Bernard s'obstine à rester contre le mur. Christine saute hors du lit. Fouille sur la table de nuit pour y chercher des cigarettes.

— Tiens-toi donc tranquille, Christine. Surtout n'allume pas.

— Allumer quoi? Tu oublies que tu as coupé le gaz.

— Le petit bougeoir d'argent là sur la table de nuit. Un cadeau de noces sans doute.

— Qui a bien pu nous offrir un bougeoir?

— Les allumettes sont là à côté.

Christine allume la bougie. Bernard du fond du lit, le drap tiré jusqu'au menton, observe attentivement les gestes de Christine. La nudité de sa femme le gêne.

Il y a une carte de visite à côté du bougeoir. « Tous nos meilleurs vœux de bonheur. Xavier Bottereau et Héloïse. »

Bernard couvre les épaules de Christine avec son peignoir.

— Couvre-toi, je t'en prie.

— Qu'est-ce qui te prend? On dirait que tu as honte de moi? Je suis ta femme et je suis belle, non? Regarde bien, Bernard?

Christine rejette le peignoir, lève les bras, tourne sur

elle-même, esquisse un pas de danse. Son corps irréprochable, ses jambes superbes.

— Tu es belle, Christine. Mais trop éclatante, trop voyante, trop bruyante surtout. Allons éteins la bougie et viens te coucher.

Christine souffle la bougie.

— Je ne te reconnais plus, Bernard.

Les jours passent. La maison entière semble inhabitée. La plupart des volets demeurent fermés. Nul bruit de pas. Nulle voix ni son d'aucune sorte. Christine ne rencontre jamais personne dans les escaliers. On ne voit pas la concierge et pourtant tout est propre et frais, ainsi qu'au sortir d'un grand ménage. Autour de l'appartement le silence s'accumule comme des bancs de brume, l'isolant tout à fait du reste du monde.

Pour Bernard le charme dure, malgré le temps qui s'écoule. Il ne sort plus, ne travaille plus. Il reste de longues heures immobile à contempler les meubles et les objets, à se laisser pénétrer par l'atmosphère douce et délétère qui flotte entre les quatre murs.

Il se passe quelque chose de singulier entre l'appartement et Bernard. Lorsque Christine rentre, elle a l'impression d'être une intruse, de déranger l'air autour de

Bernard. Elle marche à tout petits pas, évite de rire ou de parler trop fort.

Les jours. Les nuits. Cet homme est rongé, poli, pareil à un vieux galet roulé par la mer. L'air qui envahit ses poumons devient son sang, sa vie, ses os. Les meubles, les objets qui l'entourent prennent toute la place en lui, abolissent toute mémoire. Enfance, mère, femme, études, velléité de poète, rien n'a plus d'importance. Bernard ne sera plus jamais le même, livré à cette lente érosion de tout son être. Sa volonté s'effrite, tombe en poussière. Bientôt il ne sera plus que soumission et fascination.

Christine rentre de l'opéra traînant avec elle des bouffées d'air frais, des paniers pleins de fruits, de légumes, de viande et de fleurs, des nouvelles du monde et une passion de danseuse, Bernard semble sortir d'un rêve.

— Qu'est-ce que tu as fait toute la journée, Bernard?

Comment dire cette occupation profonde qui le tient et qui consiste à se laisser envahir par une sorte d'extase.

La même réponse invariable, jour après jour :

— Moi? Rien. Je n'ai pas bougé d'ici.

Les paniers de Christine sont déballés, examinés, triés sur-le-champ. Tout ce qui a trop d'odeur ou de goût est mis de côté. Sacrifiés. Sur le vieux fourneau Bernard confectionne des plats insipides dans quantité de casseroles noires et de chaudrons de fonte. Minutieusement comme un pharmacien, dans son officine.

Je suis fidèle à ma promesse de faire la cuisine, se

répète-t-il pour se rassurer, tandis que la pensée d'Héloïse le tourmente, de plus en plus.

Depuis quelque temps la magie de l'appartement n'opère plus aussi complètement. Une sorte de manque se glisse dans le salon rouge et or, dans la chambre à coucher aux lumières voilées, jusque dans la cuisine et le vestibule rayé de vert. Une absence se fait sentir. Le calme, étrange bonheur ressenti pendant tant de jours, entre ces murs, devient insuffisant. Bernard voudrait revoir Héloïse, ne fût-ce qu'un instant. La voir seulement. S'emplir les yeux de son image parfaite. S'en repaître profondément. Avant de reprendre la vie quotidienne avec Christine. Vivre avec l'image renouvelée d'Héloïse, bien cachée dans son cœur. Ne pas quitter Christine puisqu'il est marié avec elle, mais s'émouvoir en secret sur un visage aux pommettes dures, aux yeux en amande. La revoir bien vite. Retrouver au plus tôt sa maigreur souveraine. Tromper Christine en rêve. En rêve seulement. Revoir Héloïse. La revoir.

— A quoi penses-tu, Bernard?

— A rien, je t'assure.

Une telle absence chez un garçon qui lui est cher plus que tout au monde n'est pas tolérable. Comment s'arranger avec la souffrance, la tenir à distance. Continuer à vivre comme si de rien n'était. Seul le plaisir de danser empêchait Christine de se désoler tout à fait.

— Comme tu as changé, Bernard. Je ne te reconnais plus. Et toi c'est comme si tu ne me reconnaissais plus.

— C'est des idées que j'ai en tête qui me tourmentent.

— Quelles idées? Tu es en train d'imaginer des poèmes, peut-être?

Et si c'était cela? Si Bernard inventait, jour après jour, mot après mot, un grand poème fabuleux? Comment ne pas excuser ses airs fantasques, ses manières distantes, son manque d'amour plutôt. Inutile de se leurrer. Non, non je ne le supporterai pas...

Christine courait à l'opéra, ses chaussons de danse dans un petit sac de toile sur son épaule. Elle assemblait des pas et des mouvements, en grande hâte et fébrilité, comme quelqu'un qui n'a que juste le temps de vivre.

— Vous ne dansez pas en mesure!

Le maître de ballet affirmait sa vive réprobation.

Mais Bernard ne méditait aucun poème. L'unique idée qui tournait dans sa tête consistait à échafauder des plans pour rejoindre Héloïse.

La nuit. Dans l'obscurité profonde Christine croyait retrouver Bernard. Ses lèvres douces, ses joues piquantes, ses longues jambes contre les siennes, son ventre tendre. Comment pouvait-elle se douter que l'homme amoureux contre son flanc s'adressait à une autre femme en rêve et que les ténèbres étaient propices à l'illusion.

Un plan du métro déposé sur la table de la cuisine. Christine suit du doigt une ligne sur le papier. Bernard contemple Christine et le plan du métro avec une sorte de stupeur.

Il fallait que cela vienne de Christine. Aucun remords possible. C'est elle qui l'aura voulu.

Christine murmure :

— Ligne d'Auteuil jusqu'à Sèvres-Babylone. C'est direct.

Bernard tousse pour affermir sa voix.

— Tu sors Christine?

— Je vais chez tante Marthe. Elle est un peu souffrante et elle m'a demandée...

— Tu veux que je t'accompagne?

— Ça te fera du bien de sortir un peu. Tu ne quittes plus l'appartement. On dirait que tu es séquestré par un mauvais génie.

Après une aussi longue absence de nouveau le métro. La promiscuité odorante et forte. Jeunes et vieux, tous fatigués et ballottés. Des visages avoués, aussi vrais que dans leur solitude la plus profonde. A chaque station on charge et on décharge. Des hommes et des femmes avec un but précis en tête. Surtout ne pas arriver en retard. A chacun sa vie, cachée sous les rides ou le lisse des joues. A chacun sa mort enclose dans le secret des os et du sang. La destinée. Parfois on pourrait l'entendre cogner contre les parois du cœur. Si ce n'était du fracas du métro et de l'incrédulité qu'on a tous pour ces sortes de mystère.

Christine debout contre Bernard. Son caban bleu marine tout neuf. Sa bonne odeur de fille lavée dans une baignoire haute sur pattes. Son eau de toilette fraîche. Son souffle léger. Bernard, sa barbe de copeaux châtains. Son visage crispé. Cette tension de tout son être. Cette attente.

Les stations défilent. Javel-André Citroën, Émile-Zola, Ségur, Duroc. C'est à la station Duroc que ça s'est produit. Tout d'un coup on a entendu une voix de femme chanter dans le lointain. Bernard l'a tout de suite reconnue cette voix, acide entre toutes. Le voilà qui bondit sur le quai. Tandis que la portière se referme derrière lui. Christine tape dans la vitre. S'évertue à crier :

— Bernard! Bernard! C'est pas notre arrêt! Tu t'es trompé! Bernard! Bernard!

Guidé par la voix d'Héloïse, Bernard court dans les couloirs. Le voici bientôt sur une sorte de place où débouchent des couloirs. On entend toujours la voix d'Héloïse. Mais on ne voit pas encore la jeune femme entourée par des voyageurs immobiles et silencieux qui l'écoutent chanter. Bernard se fraye un passage jusqu'au premier rang.

Héloïse, sa jupe longue, son col baleiné, chante, accompagnée à la flûte par Bottereau. Par terre le chapeau melon de Bottereau, posé à l'envers. En apercevant Bernard, Héloïse s'arrête de chanter. Elle semble se recueillir. Les voyageurs se dispersent. Pluie de pièces dans le chapeau de Bottereau. Il empoche les pièces. Remet son chapeau sur sa tête. S'éclipse en douce.

Héloïse et Bernard sont face à face. Des aveugles, avec leurs cannes blanches, tâtent le terrain, autour des jeunes gens. Les aveugles se croisent et se séparent, se dirigent vers les quais, ou la sortie.

Héloïse s'est remise à chanter. Sans accompagnement.

Tout en regardant Bernard, bien dans les yeux. Chaque mot du poème, chaque note de musique atteignent Bernard comme un coup de couteau.

Qui me voit
Une fois
Une seule fois
Me désire et se noie

La terre est profonde
Comme l'onde...

Qui m'aime
Me suivra...

On s'attroupe à nouveau autour d'Héloïse. Bernard est maintenant au centre du cercle avec Héloïse. Pris au piège avec elle. En plein théâtre avec elle. Ne sachant quel rôle lui est destiné. L'acceptant d'avance ce rôle absurde et terrifiant.

L'auditoire, un instant figé, se déplace lentement. Les pièces de monnaie tombent sur le sol autour d'Héloïse et Bernard. Un aveugle, très âgé et misérable, vend des billets de loterie. Sa vieille voix cassée essaie de s'immiscer dans le silence profond laissé par la chanson d'Héloïse.

— Tentez votre chance! Tentez votre chance!

Le silence persiste entre Héloïse et Bernard. Le jeune homme ramasse les pièces par terre. Il les tend à Héloïse qui fait « non » de la tête.

— Je n'ai pas besoin d'argent.

Bernard avise l'aveugle qui s'efforce toujours de vendre ses billets de loterie. Il dépose les francs dans les mains de l'aveugle étonné.

La voix de Bernard est presque imperceptible

— Si vous n'avez pas besoin d'argent pourquoi chantez-vous dans le métro?

— Pour passer le temps. Le temps parfois me semble long. Et puis Bottereau aime bien l'argent, lui, quoiqu'il n'en ait pas besoin, non plus.

Voix encore plus éteinte de Bernard :

— Qui est-ce pour vous Bottereau?

— Un compagnon, un coureur de métro, comme moi. Le métro nous le connaissons par cœur, Bottereau et moi, comme les lignes de nos mains.

Isolés au milieu du mouvement des voyageurs, bousculés quelquefois par eux, Bernard et Héloïse s'examinent avec des regards précis.

— La chanson de tout à l'heure, je l'ai faite exprès pour vous.

La voix de Bernard réduite au souffle :

— J'aurais pu ne pas être là.

— Je savais que vous viendriez. Vous ne pouviez pas ne pas venir.

Depuis quelques minutes on accorde des instruments de musique tout à côté. Violon, alto et flute. Héloïse désigne les musiciens :

— Je leur laisse la place. Il faut que je rentre.

— Je vous accompagne.

Héloïse dégringole les escaliers en direction d'Austerlitz. Bernard suit Héloïse. Tandis que le petit ensemble
de musiciens derrière eux entonne un air très joyeux et
ironique.

Le métro est bondé. Hommes et femmes, pressés les uns contre les autres, ne peuvent plus bouger. Évitent de se regarder en face. Chacun éprouvant la masse du corps étranger, son poids de chair et d'os contre soi. Dans son dos. Sur sa poitrine. Sur son ventre. Respirant l'haleine du voisin. Examinant ses ongles sales, sa main velue. Bernard et Héloïse aussi près l'un de l'autre qu'il soit possible de l'être, sans faire l'amour ou se battre, tentent de se parler dans le fracas du train.

Bernard insiste.

— Je voudrais vous revoir.

Héloïse, droite, immobile, insensible à la cohue du métro. Inaccessible en quelque sorte. Son regard lointain par-dessus la foule des têtes pressées. Fixant, pourrait-on croire le panneau réclame de la « télé des neiges » au mur. Sa voix légèrement enrouée, difficile à saisir, faite pour être longuement attendue et désirée, devinée :

— Jeudi soir, au jardin des Plantes, à dix heures.

Bernard s'étonne :

— Mais le jardin des Plantes est fermé à cette heure-là?

Bernard a un mouvement vers Héloïse. Il heurte du coude une vieille dame à côté de lui, ses petites mains décharnées, accrochées au poteau de métal.

Bernard se retourne à demi vers la vieille dame.

— Pardon, madame.

— Il faut faire attention à moi, monsieur.

— Je vous prie de m'excuser.

Pendant les quelques mots échangés entre Bernard et la vieille dame, Héloïse a disparu.

Comment la retrouver dans cette foule compacte, amorphe en apparence, mais pourtant agressive, au moindre choc? Comment jouer des coudes sans encourir les foudres des passagers? Bernard appelle à voix basse. Autour de lui on sourit. La vieille dame lâche son poteau, agite ses petites mains, comme des serres contre son visage.

— C'est à la station Croix-Rouge[1] que la demoiselle est descendue. Je l'ai très bien vue.

Un homme en bras de chemise proteste avec indignation.

— Tu radotes, la mère, la station Croix-Rouge est fermée depuis longtemps.

Bernard a beau s'étirer sur la pointe des pieds. Regarder par-dessus les têtes. Héloïse est introuvable.

1. Croix-Rouge et Cluny sont des stations du métro parisien fermées depuis plusieurs années. *(N.d.E.)*

Ça n'a pas été facile de persuader Bernard. Mais de guerre lasse il a fini par céder. Christine est ravie. Les jeunes gens s'apprêtent à pendre la crémaillère. Après avoir lutté de toutes ses forces contre l'invasion de l'appartement par des étrangers, voilà que Bernard semble se résigner. Il assiste indifférent aux préparatifs de Christine. L'odeur des fleurs fraîches, le cliquetis des verres, l'animation de Christine, ses pas rapides de la cuisine au salon et du salon à la cuisine, rien n'atteint plus Bernard. Il est tout occupé en lui-même à suivre l'heure qui passe. De temps en temps il consulte sa montre ancienne, dans la poche de son gilet.

Christine sursaute.

— Les glaçons! Nous avons oublié les glaçons! Tu vas aller chercher des glaçons chez la concierge, tout de suite. Ça t'apprendra à ne pas vouloir de réfrigérateur.

— Un réfrigérateur dans cet appartement! Tu ne trouves pas que c'est anachronique?

Christine rit. Elle pousse Bernard par les épaules et le dirige vers la porte. Bernard descend l'escalier comme un somnambule. Il croise les premiers invités sans les voir. Sophie et Philippe interpellent Bernard qui n'entend rien, ne voit rien. Passe, aveugle et sourd, attiré par la rue.

La lourde porte se referme sur lui. Bientôt l'écho de ses pas résonne sur le trottoir. Dans la nuit.

Les premiers, les loups ont été alertés par l'odeur du sang. Ils se sont dressés contre le grillage de leurs cages, l'échine parcourue par de longs frissons. Ils ont hurlé à la mort. Les échassiers et les grands rapaces ont battu des ailes bruyamment. Un vent de panique a soufflé dans tout le jardin. Tandis que la rumeur sourde de la ville venait cogner tout contre les enclos des bêtes.

Le gardien en faisant sa ronde s'est inquiété de cette agitation chez ses pensionnaires. Mais il n'a pas vu la forme blanche agenouillée dans l'enclos des daims. Ce n'est qu'au matin lorsque le gardien de jour a remplacé le gardien de nuit qu'on a découvert le daneau, étendu sur le côté, les pattes raides, au cou une large blessure. Saigné à blanc.

Le long de la grille fermée Bernard fait les cent pas. Le mouvement continu des voitures sur le quai. La rangée des platanes aux écorces pelées. Parfois dans le vent une odeur fauve s'élève venant des bêtes parquées. Les pins maigres montrent leurs aigrettes déplumées par-dessus la grille.

Depuis un moment Bernard ne quitte pas des yeux une silhouette féminine qui glisse le long de la grille, depuis le haut jusqu'en bas. Une jeune femme saute à terre. Bernard reconnaît Héloïse. Celle-ci retape, à petits coups rapides, les plis de sa jupe. Elle rajuste son chapeau. Son visage, au bord du sommeil, a quelque chose de bouffi et de repu que ne lui connaissait pas Bernard et qui l'indispose. La voici qui parle, férocement joyeuse, en se moquant.

— Me voici toute à vous, Bernard.

Bernard est saisi d'inquiétude. Il balbutie :

— Toute à moi?

Condescendante, persifleuse, elle précise :

— Pour la soirée seulement, je veux dire.

— Vous auriez pu vous tuer en escaladant cette grille.

Rire d'Héloïse qui met la main devant sa bouche.

— On ne meurt qu'une fois, vous savez.

— Que faisiez-vous sur cette grille?

Héloïse s'étouffe de rire, derrière ses mains.

— Je vous attendais. Venez. Je connais une cave sympathique. Venez.

Héloïse prend la main de Bernard et l'entraîne le long des quais jusqu'à la rue Gît-le-Cœur.

La cave est profonde. On y a accès par deux escaliers successifs, très étroits, en colimaçon. L'humidité nous glace entre les deux épaules. Les murs de grosses pierres suintent.

L'air qu'on respire dans la salle est moite et enfumé. Des gens silencieux et figés sont assis autour des tables, éclairées à la bougie. Les visages sont étranges, trop apprêtés et maquillés. Hommes et femmes ont l'air de porter des masques. Héloïse et Bernard se frayent un passage entre les tables qui paraissent toutes occupées. Ils découvrent enfin une petite table libre, un peu à l'écart. Un garçon est là qui attend les commandes, au garde-à-vous, une serviette sur le bras.

Tout d'abord Héloïse refuse de boire.

— Merci je n'ai pas soif.

Comme Bernard insiste, elle se décide pour un bloody-mary.

— Bien chambré et surtout pas de glace.

Dans la quasi-obscurité, Bernard remarque que tout le monde autour de lui boit du bloody-mary. Il y a des petites lueurs couleur de sang qui clignotent dans chaque verre.

L'orchestre attaque avec frénésie un french-cancan. Les danseuses sont habillées de noir et de blanc. Leurs culottes sont d'un rouge vif. Les joues très blanches, les lèvres très rouges, les yeux charbonnés, les cils trop longs confèrent aux danseuses des allures de poupées de porcelaine. Le rythme de l'orchestre devient de plus en plus effréné. A la fin de la danse, au moment du grand écart, les danseuses ne se relèvent pas et demeurent sur le sol, comme des pantins disloqués. On applaudit à tout rompre. Le rideau s'ouvre et se referme plusieurs fois. Les danseuses ne se relèvent toujours pas. Délire dans la salle.

Héloïse est sous le charme. D'un air triomphant elle se penche au-dessus de la table, tout contre le visage de Bernard. Une drôle de petite flamme mate s'est allumée dans les yeux d'Héloïse. Comme un vague reflet sur de l'étain.

L'agitation de la salle est à son comble. Les danseuses toujours immobiles, inanimées, jonchent le plateau, en désordre. On se presse autour de la table de Bernard et d'Héloïse. Bernard sent l'excitation de la foule qui le cerne de tous côtés. Il distingue les costumes d'une époque révolue. Un désir exaspéré semble posséder cette foule unie dans un seul mouvement d'âme forcenée.

Héloïse renversée sur sa chaise jouit du spectacle et de la terreur envahissante de Bernard. L'encerclement de la foule, autour de la table, se fait plus menaçant. Héloïse réagit brusquement. Elle redevient froide, lointaine, quoique pressante. Autoritaire :

— Venez, Bernard! Vite! Sortons d'ici!

Héloïse saisit Bernard par les deux mains et l'entraîne hors de la salle. Les petits escaliers en colimaçon sont grimpés au pas de charge.

L'air de la nuit sur leurs visages comme une averse fraîche.

— Il faut rentrer chez vous, Bernard, tout de suite.

Malgré sa lassitude Bernard obtient d'Héloïse de marcher un peu avec elle, dans la nuit.

Boulevard Saint-Germain il l'oblige à s'arrêter sous un réverbère. Il la contemple un long moment, toute droite dans ses falbalas couleur de cendre. Son visage glacé, ses pommettes dures fascinent Bernard et le désespèrent.

Métro Maubert-Mutualité. « Lavatory. WC hommes dames. Cireur. »

Héloïse a disparu à l'intérieur. Bernard est resté sur les marches.

Murs carrelés brillant de lumière. Brassées de fleurs artificielles accrochées aux murs. Des tulipes fraîches sur une petite table. Des bandes dessinées collées sur les murs. Une femme âgée, perruque rousse, vaste tablier amidonné, maquillage théâtral, est en train de vaporiser du parfum. Par terre un seau plein d'eau et une serpillière. Héloïse semble ravie de voir la vieille femme.

— Ah c'est vous Mélanie!

— Oui c'est moi. Ah j'ai eu bien du mal à l'obtenir mon poste! Mais c'est un vrai petit bijou, ne trouvez-vous pas? Six pieds sous terre, frais, bien fréquenté, commode, et tout...

— C'est très bien tenu chez vous, Mélanie.

Héloïse s'approche du lavabo et manœuvre une seringue qu'elle sort de son sac. Un peu de sang qui restait dans la seringue coule sur sa manche. Mélanie s'approche.

— Vous avez une tache de sang là, sur votre manche. Je vais arranger ça.

Mélanie mouille une serviette et entreprend de laver la tache sur la manche d'Héloïse. Bottereau est là, dans la porte, qui s'étire de toute sa taille courtaude. Il regarde. Puis il s'approche à pas de loup. Il repousse Mélanie d'un geste impatienté. Le voici qui flaire la manche d'Héloïse. Il laisse retomber le bras de la jeune femme avec dégoût.

— Pouah! Du chevreau, du daim, que sais-je! C'est minable! J'aurais dû m'en douter! Et ce beau jeune homme, qu'attendez-vous pour...

Héloïse baisse la tête. Elle froisse la dentelle de son corsage, avec ses doigts.

— Laissez-nous le temps de faire connaissance. Et puis Bernard est encore amoureux de sa femme, je crois, ce qui retarde les effusions entre nous...

— Méfiez-vous, ma chère. Je vous trouve bien pâlotte. Vous êtes en train de vous anémier. Vous risquez gros. Ne vous laissez pas attendrir par ce jeune homme. Ne vous attachez pas surtout. C'est extrêmement dangereux pour vous. Préférez-vous que je vous mette sur une autre piste, avant qu'il ne soit trop tard?

Silence d'Héloïse. Puis protestation résignée. Chaque mot semble lui être arraché de force.

— Ce que j'ai commencé avec Bernard je le terminerai, tel que convenu. La loi c'est la loi.

— La terre vous entende, mon enfant. Mais dépêchez-vous. Il va falloir que je m'occupe de la petite, moi.

L'appartement était envahi. Les invités de Christine s'installaient avec un grand sans-gêne. Ils étaient partout à la fois. Sur les petits sofas d'acajou couverts d'étoffes fleuries. Sur les chaises fragiles, aux dossiers incommodes. Ils s'enfonçaient sur les coussins à cordelière et à glands. Ils s'agglutinaient sur les tapis avec leurs jeans et leurs gros sabots. Ils riaient dans l'air subtil qui régnait là, et leurs rires étaient répercutés par un écho étrange. Les glaces piquées se renvoyaient leurs images impudentes.

Les meubles et les objets demeuraient inertes, comme vidés de toute substance, retirés en ce qui leur tenait lieu d'âme secrète. Quand on sait quelle existence fastueuse ces meubles et ces objets avaient pu mener dans une autre vie, et que Bernard était le seul à pouvoir encore percevoir.

Pour le moment, il ne se passait strictement rien entre l'appartement et les invités. Aucune chaleur. Aucun échange. Les invités s'ennuyaient. Ils avaient tout d'abord été amusés par l'étrangeté des lieux. Mais à présent ils s'ennuyaient ferme. Et Christine ne faisait rien pour animer la soirée. Elle était tourmentée par l'absence de Bernard et rien d'autre ne comptait plus pour elle.

Le gramophone tournait dans un grand bruit d'aiguille. Du cornet métallique s'échappaient des sons nasillards et nostalgiques. De temps en temps il fallait remonter la manivelle.

Les verres et les glaçons tintaient. On buvait ferme. Mais personne n'était vraiment gai. Les cendriers débordaient de mégots. Les verres sales traînaient un peu partout.

Plus le temps passait, plus Christine devenait nerveuse. Elle fumait cigarette sur cigarette. S'enfonçait dans un silence exaspéré. Très loin, au bout de sa vie, là où elle ne pouvait accéder, il se passait quelque chose de terrible qui mettait en cause l'existence même de Bernard.

Au métro Maubert, Héloïse a rejoint Bernard dans l'escalier. Sa robe traîne sur les marches. Sa petite tête, sous le chapeau à voilette, se tient toute droite. Sa maigreur perdue dans la soie et les dentelles semble plus précise et plus rigide. Héloïse s'est juré d'accomplir la loi.

Bernard attend qu'elle veuille bien tourner la tête vers lui. Il espère d'elle je ne sais quel don redoutable. Il sait que d'un instant à l'autre tout sera accompli. Le sens de sa vie va lui être révélé. Il n'est que désir. Il tremble. Sa voix balbutie :

— Je vous ramène chez vous?

La voix très lasse d'Héloïse :

— Non. Pas ce soir. Je suis fatiguée. Le dernier métro...

Des clochards sortent du métro, chassés par un contrôleur.

— Allez ouste, dehors, vermines. On ferme!

Héloïse s'est rapprochée de Bernard. Il ne peut s'empêcher de remarquer, s'échappant de la jeune femme, la même odeur de vase que chez Bottereau. Il se révulse un instant mais la grande, forte senteur de grève et d'océan s'empare de lui, le roule et le terrasse là, sur les marches du métro. Héloïse se penche sur son visage. Elle le serre dans ses bras. Ils s'embrassent comme des noyés. La vague impression de se battre contre la mort, de lutter pour sa vie. Vertige.

Héloïse se dégage et file dans le métro. Tandis que le contrôleur, derrière elle, cadenasse la grille.

Bernard s'accroche aux barreaux. Il entend les pas d'Héloïse qui s'éloignent dans les couloirs obscurs. Elle crie, dans sa fuite, et sa voix résonne comme dans une caverne :

— Demain, dix heures du soir, chez vous. Ne vous inquiétez pas, j'ai la clef.

Bernard s'affaisse contre la grille fermée.

L'appartement est profané. Il ne fallait pas permettre à ces rustauds de venir ici. La fumée est à couper au couteau. S'incruste dans les plis des rideaux. Roule en volutes bleues jusque dans la chambre à coucher. Se pose en buée sur le linge fin, au fond de l'armoire et sur le lit. Ternit les glaces. Irrite certainement le génie des lieux, enfoui quelque part dans le secret des murs.

La soirée est terminée.

Les invités se retirent les uns après les autres. Christine serre des mains, embrasse des joues fraîches. La porte s'ouvre et se referme au gré des départs. Les invités semblent soulagés de partir. Sur le palier on entend une voix éméchée qui proclame :

— Quelle soirée lugubre!

Christine reste seule avec Sophie et Philippe. Ils sont aux petits soins avec elle.

— Tu devrais te reposer un peu.

— Tiens, allonge-toi sur le sofa.

— On va t'aider à tout ranger.

Philippe vide les cendriers. Sophie empile les verres. Christine s'allonge sur le sofa. Inerte en apparence, repliée sur son angoisse, n'osant plus bouger de peur d'éclater en sanglots. Elle attend Bernard. Elle l'attendra jusqu'au bout. Jusqu'à ce que ce ne soit plus possible, sans mourir.

Le gramophone tourne à vide dans un grincement d'essieu. Philippe se précipite pour l'arrêter. Christine risque une phrase à mi-voix, comme si elle se parlait à elle-même.

— Ce gramophone acheté aux Puces. Encore une lubie de Bernard.

Elle a l'impression de charger Bernard, de le trahir en parlant de la sorte. Mais quelque chose d'irrésistible monte en elle, éclate en mots hachés. Un immense ressentiment accumulé dans ses veines depuis si longtemps :

— Tout est raté.

— Qu'est-ce qui est raté?

— Tout, tout, la soirée, Bernard, moi, notre mariage, tout...

Elle pleure maintenant. Renifle à qui mieux mieux. Ses traits se brouillent, se défont comme de la cire. *Qu'est-ce qu'on peut pour notre amie qui se lamente et que la mer au loin déchire?* Risquer des mots de tous les jours, bien plats et dérisoires!

— Tu exagères, Christine.

— Et Bernard? Tu ne trouves pas qu'il exagère? Me laisser toute seule pour recevoir les amis. Disparaître dans la nuit. Où peut-il bien être passé? Et s'il lui était arrivé malheur?

— Il avait l'air bizarre quand nous l'avons croisé dans l'escalier.

— Tu vois. Il est miné par quelque chose. Et moi, sa femme, il m'abandonne, comme si je n'existais plus.

— Tout va s'arranger, tu vas voir...

Sophie et Philippe s'assoient sur le sofa et entourent Christine de leurs bras.

Ces bras sur mes épaules, ces haleines d'alcool et de tabac dans ma figure, toute cette bonne, grosse vie, attendrie, non, non je ne le supporterai pas. Je veux être seule. Crier tout mon soûl. Le cri si longtemps réprimé entre mes côtes, comme un couteau qui me déchire.

Christine se dégage brusquement. Se lève. Se prépare à hurler qu'elle veut être seule.

Une clef tâtonne dans la serrure de la porte d'entrée qui s'ouvre lentement. Bernard paraît, très pâle et chancelant. Il cligne des yeux, pareil à une chouette qui retrouve le jour, tout à coup.

Le premier mouvement de stupeur passé, Philippe et Sophie s'esquivent doucement.

Bernard est assis sur le bord du lit. Il a mis son pantalon de pyjama. Christine lui tend sa veste.

L'apparition de Bernard tantôt, dans la porte d'entrée, si pâle et vulnérable, déjà blessé, a suffi pour désarmer Christine. La voici attentive et bonne, ne pouvant cacher ses larmes.

— Mais qu'est-ce que tu as, Bernard? Que t'est-il arrivé?

— Moi? Rien. Je me suis évanoui, au métro Maubert, je crois. J'ai dû prendre un taxi pour rentrer.

— Mais qu'est-ce que tu faisais au métro Maubert lorsque nous recevons des amis, ici, à la maison?

— Je ne sais pas.

— Tu ne sais pas? Tu me fais peur, Bernard. Tu as une mine affreuse. Il faut consulter un médecin.

Christine aperçoit la trace d'une piqûre sur le poignet de Bernard.

En un instant tout s'éclaire; les bizarreries de Bernard, ses absences, toute cette vie qui semble le quitter, goutte à goutte. La drogue. C'est donc ça. L'horrible lumière qui explique tout.

— Tu te piques à présent? J'aurais dû m'en douter.

— Tu te trompes, Christine. Il ne s'agit pas de drogue, je t'assure.

— Il s'agit de quoi alors?

Comment lui dire? Comment expliquer à Christine qu'il est possédé par une femme qui ne ressemble à aucune créature vivante et qui, un jour, le tuera.

Il balbutie dans un souffle :

— Je ne comprends pas ce qui m'arrive. Je ne t'aime plus du tout, Christine. Ta présence m'est de plus en plus intolérable.

Christine demeure droite, privée d'expression. Elle se répète que les mots n'ont aucune prise sur elle. Rien n'est encore arrivé tant qu'elle n'aura pas accepté les paroles de Bernard. Pourtant sa lèvre inférieure tremble comme celle des vieilles femmes. Tandis qu'elle croit tenir le malheur à distance. Se fier aux gestes. Laisser le corps prendre l'initiative. Puisque le cœur se refuse à toute parole, à toute insulte ou cri.

Elle marche légèrement comme une automate. Va à l'armoire. Prend des vêtements par brassées qu'elle jette sur le lit. Grimpe sur une chaise pour atteindre une valise, en haut de l'armoire. Empile ses vêtements dans la valise.

93

C'est comme si je dansais, pense-t-elle, étonnée par la facilité de ses gestes. Leur parfaite sûreté. Surtout ne pas interroger son cœur. Laisser la détresse s'y enfoncer, comme dans un puits. Vivre sur la margelle. Préparer son départ en rêve.

Christine cherche le téléphone partout dans la pièce. Ne le trouve pas.

La petite voix tranquille de Bernard, indifférente, comme s'il ne s'adressait à personne en particulier :

— Dans la poubelle, le téléphone! Arraché, coupé, jeté dehors. Cet appareil jurait comme une fausse note dans ce décor fin de siècle.

Christine fait volte-face. En un instant retrouve ses griffes et ses dents ainsi qu'aux plus beaux jours de son enfance, dans la cour de récréation à l'école.

— Fin de siècle toi-même! Tu es fou! Complètement fou! J'ai épousé un fou! Plutôt non, le garçon que j'ai épousé a disparu. Un autre l'a remplacé, et celui-là, je n'en veux pas! Tu m'entends, Bernard, je n'en veux pas! Je te quitte immédiatement. Il faut que je téléphone à Sophie. Elle m'offrira l'hospitalité. Je te quitte, tu m'entends?

Lentement Bernard met sa veste de pyjama.

— J'entends, mais ne crie pas si fort. Je suis si fatigué.

Bernard épuisé se couche sur le lit par-dessus les couvertures. Il contemple le plafond longuement, minutieusement, comme si cela avait une grande importance.

Christine ferme sa valise. S'emplit les yeux de l'image

de Bernard étendu de tout son long sur le lit. Éprouve une grande pitié. Une poignante tendresse.

— Il faut te soigner.

— J'ai peur Christine.

— C'est toi qui me fait peur, Bernard.

Christine se couche un instant sur le lit, à côté de Bernard, en évitant de le toucher. Ils ont l'air de deux gisants.

— Éteins la lumière, Christine. Il ne faut pas qu'on nous voie ensemble. Depuis que j'habite cet appartement il me semble toujours qu'on nous épie.

— Ça ne peut plus durer. Nous déménagerons, Bernard, je te le promets. Mais tout d'abord il faut consulter un médecin. Et puis je vais passer quelques jours chez Sophie. Ça nous permettra de faire le point.

Une heure plus tard Christine, sa valise à la main, sonne à la porte de Sophie.

La nuit passe. Puis un jour entier. La solitude donne des forces à Bernard. L'appartement le sustente. Il s'en délecte à loisir. Il aime les garnitures au crochet de la cheminée, l'édredon rose, gonflé de plumes, le buste de plâtre sévère sur son socle. Mille petits détails fleuris dans le papier des murs l'assaillent de pointes fines. Le grésillement du gaz passe par moments sur ses nerfs comme autant de petites râpes légères. Tandis qu'une lumière crue, tamisée par des abat-jour laiteux, rayonne jusque sur ses mains. Baigné de lueurs il n'a jamais été aussi proche de l'état réceptif parfait.

Lorsque vient le deuxième soir, il entreprend de se raser, se baigne et s'habille de frais. Puis il s'étend de nouveau sur le lit, attentif à l'avance d'un pas léger dans l'escalier.

Pas un instant il ne songe à s'étonner lorsque la clef tourne doucement dans la serrure de la porte d'entrée.

Pas un instant il ne croit que c'est Christine qui revient. Ce ne peut être que celle qui lui a donné rendez-vous, la veille, à la station Maubert. Et il l'attend, depuis toujours, croit-il, cette créature sans pareille, avec une sorte de passion fiévreuse, inquiète.

Héloïse traverse l'appartement. Se dirige, d'un pas ferme, vers la chambre à coucher. Elle est en grand apparat. Un bandeau en brillants resplendit dans ses cheveux sombres. Elle laisse tomber son manteau de velours noir par terre. Sa robe de soie rouge, pleine de volants, étoffe sa maigreur. Tout le temps de sa visite, Héloïse conservera ses gants, très longs et noirs. Quoiqu'elle porte une robe du soir le corsage n'en demeure pas moins très montant, garni de dentelle et de ruchés. Un long collier en sautoir bouge, au moindre mouvement, sur sa poitrine absente.

Bernard médusé s'assoit au bord du lit.

Héloïse ramasse son manteau et le jette sur le petit fauteuil crapaud, à côté du lit. Ses gestes sont sûrs et familiers, comme si elle retrouvait de vieilles habitudes. Elle ferme les rideaux.

— L'éclat de ce réverbère électrique est intolérable, ne trouvez-vous pas?

Bernard est debout qui contemple Héloïse comme on contemple la mort. Ébloui par son éclat sauvage. Soumis et effrayé.

La grande silhouette rouge, aux gants noirs, règne dans l'appartement. Se reforme à mesure dans l'air ambiant.

Atteint une force incomparable. Fait reluire les meubles et jusqu'au moindre objet, d'un éclat insoutenable. L'appartement se met à exister si fortement que la vie de Bernard, par contraste, semble lui échapper.

La maîtresse des lieux brille de joie insolente. Elle va de-ci de-là dans la chambre. Elle examine tout avec une attention tranquille comme si elle reprenait possession de ses biens.

— Dans le fond rien n'a changé ici, sauf de très petits détails.

Elle avise un soutien-gorge sur un fauteuil qu'elle jette aussitôt dans la corbeille à papier. Certaines questions doivent être posées sans que la voix tremble et que le cœur se révulse. Le sort en a décidé ainsi. Pour que certaines réponses soient données. Afin que tout soit clair entre eux, à la fin.

Bernard interroge Héloïse.

— Vous paraissez bien connaître cet appartement?

— Je l'ai déjà habité il y a longtemps, et j'y suis très attachée.

— Vous avez conservé la clef?

— J'ai conservé la clef. Bottereau a fait des prodiges pour récupérer mes meubles. Quel ami incroyable. Il a tout retrouvé jusqu'à la coiffeuse de bois de rose que j'aimais tant.

Héloïse s'assoit devant la coiffeuse et se mire dans la glace. Mais on ne voit pas son reflet. Héloïse se relève aussitôt.

— Cette glace est très ancienne et sans tain. Ne l'aviez-vous pas remarqué?

Bernard se penche dans la glace. Son image se réfléchit normalement. Troublé il se lève et fait un pas en direction de la porte. Mais Héloïse le tient sous son regard. Il se fige à nouveau, tandis qu'Héloïse enchaîne d'un ton faussement enjoué :

— Et Christine? Qu'en avez-vous fait?

— Elle passe la soirée chez des amis.

Héloïse persifleuse :

— La soirée seulement?

Bernard bafouillant :

— Christine est très intelligente, très belle. Elle a beaucoup de taient.

— Comme tu la défends. On dirait que tu l'as déjà trahie. Mais laissons là Christine et parlons de moi. Comment me trouves-tu?

— Trop belle, trop pâle, terrible.

Le visage d'Héloïse, lisse comme un caillou. La beauté des os visible à travers ses mains translucides. Une flamme mauvaise dans ses yeux couleur de plomb.

— Comme tu trembles et comme tu me désires.

Mais le propre désir d'Héloïse domine nettement dans l'appartement. Comme si tout ce qui se trouvait là n'eût existé qu'en fonction de ce désir même, pour l'attiser et lui permettre de s'accomplir dans toute sa force dévorante.

Héloïse fait un mouvement vers le lit. Bernard supplie.

— Je vous en prie. Pas ici. Christine pourrait revenir...
Pas ici...

La voix d'Héloïse s'éraille, se casse, dégénère en
notes hautes, furieuses. Tandis qu'elle déboutonne son
corsage.

— Je veux coucher avec toi, dans « mon » lit.

Héloïse relève ses jupes et jupons à pleines mains. La
soie et la dentelle moussent en un torrent de feu et de
neige. Son rire éclate, strident.

— Dis-moi, mon garçon, si tu n'as jamais vu pareil
arrivage de jupons?

Bernard tombe aux pieds d'Héloïse. Il enfouit sa tête
dans les jupes de la jeune femme. Retrouve l'odeur pre-
nante des grèves; varech, goémon, vase profonde qui
fume et se déchaîne. Il enserre les jambes d'Héloïse jusqu'à la faire tomber par terre. Ils roulent tous les deux
sur le tapis. Un bref cri de douleur.

Est-ce moi qui crie, pense Bernard, pendant que la
volupté le broie et l'emmène jusqu'aux portes de la
mort. Le sang chaud l'inonde venant de sa gorge tranchée. Il sombre dans la nuit.

Quelque part dans le ciel la lune brille vaguement, derrière les nuages. L'impasse des Acacias est déserte.

Au numéro six la porte s'ouvre lentement. Une femme en long manteau noir examine la rue et se glisse le long du mur. Fuit pareille à une ombre.

Du côté opposé surgit Christine en pantalon de velours et veste claire. Elle hésite un instant. Examine distraitement le dessus de porte tarabiscoté. Puis s'engouffre, à son tour, sous le porche. La lourde porte de chêne se referme et résonne dans la nuit.

Un bon moment le silence dure, s'étend comme une chape de plomb.

La lune est tout à fait disparue. D'énormes nuages noirs bougent en tous sens. Animent le ciel de mouvements rapides et cahotiques.

Hurlement de sirène. L'ambulance s'arrête devant l'immeuble. Deux infirmiers en descendent portant une civière.

Le temps est éclaté. Les morts sont lâchés parmi nous. Yeux refaits, voix reconstituées, squelettes assemblés de nouveau, ils se mêlent à la foule, sans qu'on n'y prenne garde. L'époque étant propice à ce genre d'apparitions en costumes surannés. La mode n'est plus un critère. La robe d'Héloïse ne dérange pas plus que le vêtement flottant, traînant dans la poussière de cette fille à la tête tondue, au brillant incrusté entre les deux yeux. Certaines pâleurs et maigreurs ne sont plus identifiables, place Saint-Michel, autour de la fontaine où dorment de jeunes drogués, livides et efflanqués.

Ce monde dans lequel nous vivons accueille d'un même air indifférent et las toute singularité et jouissance perverse.

Héloïse, son grand manteau de velours taché de poussière, sa robe rouge froissée, est assise au bord de la fontaine Saint-Michel. Tranquillement, étalant son crime et sa nécessité, parmi l'indifférence générale, elle transvase le sang de sa seringue dans des flacons de verre.

Sur la place une ambulance passe en trombe, toutes sirènes hurlantes.

Paisible, au bord du sommeil, Héloïse porte à ses lèvres un des petits flacons de verre.

Bernard a été conduit à l'hôpital et traité comme un cas très ordinaire. Transfusion sanguine et sérum. Le voici étendu sur un lit d'hôpital. La petite chambre ripolinée en vert est pleine de lueurs d'eau.

Quelqu'un parle au-dessus du lit, d'un ton réprobateur, manipule des litres de sang, cherche les veines avec une aiguille. Le jeune médecin est consciencieux et sans imagination. Il accuse Bernard d'avoir voulu attenter à ses jours et il demande à voir l'arme du crime.

Au chevet du lit Christine assure que depuis longtemps son mari est miné par un mal étrange.

Le médecin parle de déplorable accident. Christine songe aux mystérieuses alchimies de la mort.

Bernard a réchappé de justesse. Pendant trois jours et trois nuits il a été livré à la fièvre et au délire. L'image sanglante d'Héloïse se penchait au-dessus de son lit. Cherchant son cœur avec des mains maigres. Fouillant entre ses côtes.

Christine baignait le visage de Bernard d'eau fraîche. Tentant de le tirer de ses songes atroces.

— Tu as la fièvre. C'est le délire, mon chéri. Rien de tout cela n'est vrai.

— Cette femme est la mort. Chasse-la, Christine. Mais chasse-la donc.

Comment faire la part des choses, séparer le songe d'avec ce qui s'est passé de très réel et précis entre Héloïse et lui, dans l'appartement de la rue des Acacias? Bernard ne peut plus ignorer qui est Héloïse. Qui a vu la glace et le feu de la mort liés ensemble dans une seule créature splendide, comment peut-il encore vivre?

Christine est là pourtant qui le tire, de toutes ses forces, de ce bord-ci du monde, là où l'on respire et vit. Et le jeune médecin fait son possible, met du sang dans les veines de Bernard, comme on charge d'énergie nouvelle une machine abîmée.

Maintenant qu'Héloïse est démasquée, dans son odeur musquée, la sécheresse de ses os et le prix exorbitant de son étreinte, comment ne pas la fuir à jamais?

Bernard se tourne vers Christine. Ouvre les yeux sur un visage rond aux prunelles bleues. Supplier Christine de rétablir l'ordre pacifique des choses. Si quelqu'un possède ce pouvoir c'est bien cette petite fille avec son pauvre amour déchiré et sa danse parfaite autour du lit.

Christine est la vie. Ne plus jamais la quitter.

La station Père-Lachaise est plongée dans l'obscurité la plus complète. Aucun flux et reflux de voyageurs. Aucune rame de métro à l'horizon. Silence. Vide absolu.

Appuyés contre le mur, assis par terre, pareils à des clochards, vieillis, froissés, salis, Héloïse et Bottereau discutent à voix basse. A leurs pieds une bougie allumée, fichée dans une bouteille et deux petits flacons de sang qu'ils portent à leurs lèvres, de temps en temps.

— Nul ne se doit d'ignorer la loi, ma chère. Vous avez gravement manqué à votre mission.

— Je ne m'explique pas ce qui s'est passé.

— C'est pourtant tout simple. Ce jeune homme vous plaît et vous le ménagez. Le voilà en train de se rétablir à l'hôpital, tandis que vous errez dans ce métro, comme une âme en peine.

— Il a tant de charme. Il est si drôle avec son air sérieux et naïf.

— Ne vous tarde-t-il pas de ramener cette merveille parmi nous?

— Je n'ai pas le choix, n'est-ce pas? Mon éternité est à ce prix.

Héloïse récite, les yeux clos, les traits tirés, laborieusement, comme si elle découvrait ses mots à mesure :

— *Mes yeux, mes larges yeux aux clartés éternelles.*

Héloïse secoue la tête et les épaules, s'ébroue ainsi qu'au sortir de l'eau.

— Soyez tranquille, je vous le ramènerai, ce garçon. Le désir que j'ai de lui est si fort que je boirai sa vie jusqu'à la dernière goutte.

— Bon. Moi, je m'occupe de la fille. Ce ne sera pas compliqué. La séduction chez moi ne fait pas tant d'embarras. Mes manières sont simples et directes. Je viole et je tue.

Héloïse et Bottereau s'éloignent dans un couloir sombre. Ils font tomber quelques carreaux sur le mur et dégagent une galerie souterraine. Après avoir de l'intérieur de la galerie remis les carreaux en place, ils disparaissent dans la terre. Courbés et voûtés, ils avancent difficilement, creusant parfois avec leurs mains, à cause des éboulis.

Le champ des morts est vaste comme une ville. Il a ses rues et ses ruelles, ses impasses buissonneuses. Ses caveaux prétentieux, ses simples croix. Héloïse et Bottereau se hâtent dans le dédale des allées. Tandis que le ciel blême gagne, de plus en plus, sur la nuit.

Ils avisent deux tombeaux voisins, envahis par les broussailles. Disparaissent dans les feuillages épineux.

Bottereau a laissé sur sa tombe son chapeau melon, Héloïse son ombrelle, en guise d'offrandes.

Le monde est en ordre. Les morts dessous, les vivants dessus. Voyez comme ce médecin, en blouse blanche, fait bien son devoir. Il a ausculté Bernard et maintenant il prend sa tension.

L'air convalescent d'un tranquille, Bernard, en robe de chambre, est assis dans un fauteuil. Christine est auprès de lui. Le docteur paraît tout à fait rassuré.

— Bon, très bon. Tout semble rentré dans l'ordre. Je vous donne votre congé. Ce qui s'est passé n'est pas très clair; veine jugulaire tranchée, hémorragie, fièvre, délire. Au revoir mon garçon. Ne recommencez pas. Bonne chance.

— Au revoir docteur.

Sorti d'une ombre aussi obscure et totale comment vivre désormais au grand jour? Tout oublier et faire comme si de rien n'était. Maintenant que l'identité d'Héloïse ne fait plus de doute, la fuir comme la mort. Se défendre. Se barricader contre elle. Quitter l'appartement au plus vite. Mais dès aujourd'hui faire changer la serrure de la porte d'entrée. Après l'épouvante si des choses bonnes et douces peuvent encore être vécues c'est du côté de Christine qu'il faut établir son espérance, pareille à une ville fortifiée. Si le salut existe quelque part au monde, il ne peut venir que de la petite épouse fidèle, confrontée à un destin trop étrange pour elle. Agir comme si l'amour était encore possible entre Christine et lui. Poser ses pas doucement, l'un devant l'autre, marcher sur un fil tendu, faire les gestes qu'il faut, avec application. Rappeler l'amour ainsi qu'on réclame la vie.

Christine aide Bernard à s'habiller et à faire sa valise. Elle semble se complaire dans des tâches concrètes, afin de donner l'exemple à Bernard, afin qu'il sorte enfin de son cauchemar et la regarde en face, elle, Christine, sa femme et son amour.

— Si tu veux, Bernard, nous allons tout reprendre depuis le commencement. Tu vas travailler, écrire les songes qui te tourmentent, sortir, tu ne t'enfermeras plus dans cet appartement affreux que nous quitterons dès que possible. Tu vas cesser de rêvasser toute la journée et tout va s'arranger. Aie confiance.

Christine parle bien légèrement. Que sait-elle, cette petite fille trop vivante, du visage avide de la mort, de sa morsure mortelle dans mon cou?

— Tu n'auras qu'à me raconter tes visions, Bernard, et tu seras délivré, exorcisé en quelque sorte. C'est fort, tu sais, le pouvoir de la parole.

Christine embrasse Bernard sur la joue.

Les maraîchers, les marchands de volaille et de lapins, les bouchers ont envahi la contre-allée. Ils ont installé leurs pieux de métal et tendu leurs toiles, sous le grand soleil. Des lueurs vertes dégoulinent sur les viandes saignantes, les poulets grenus, les salades acides et les légumes multicolores. C'est à qui vanterait les fruits de la terre, les bêtes abattues et le pouvoir absolu de l'homme sur la création.

— Pas cher, mes salades! Toutes fraîches, mes salades!

— Par ici, voyez mes poissons, l'œil clair, les écailles brillantes, les ouïes fraîches! Par ici, messieurs-dames...

— Des fraises! Des belles fraises!

Il s'agit de faire son marché avant de retourner à l'appartement.

— Cinq francs la botte, le muguet! Cinq francs la botte!

Christine et Bernard circulent entre les étalages.

Christine exulte parmi les nourritures terrestres, étalées là, pour son bon plaisir. Bernard suit Christine comme son ombre, lasse et inquiète.

— Chéri, tu veux un lapin à la moutarde? C'est moi qui fais la cuisine aujourd'hui. Il faut fêter ton retour de l'hôpital.

— Comme tu voudras.

— Les fraises sont superbes! Et ce melon tout à fait à point!

Christine tâte des fromages.

— Le camembert n'est pas fait. Je vais prendre du reblochon. Il ne faut pas oublier le vin! Et le pain!

Bernard donne des signes d'angoisse de plus en plus évidents. Il semble chercher une boutique. Il s'arrête devant l'échoppe d'un serrurier.

— Attends-moi là. Je vais acheter une serrure pour remplacer la nôtre. C'est plus sûr. En attendant que nous déménagions. J'en ai pour une minute.

— Comme tu voudras. Bon, moi, je rentre. Je vais préparer le dîner. A tout à l'heure.

Christine s'éloigne, bâtée de fruits et de légumes, les pattes d'un grand lapin passant entre les mailles de son filet.

Bernard entre chez le serrurier.

Christine retrouve la grande cuisine avec son fourneau noir. Elle déballe ses provisions sur la table de bois. Lave la salade et les fraises sous le robinet de cuivre. Commence de préparer le lapin.

Le serrurier a promis à Bernard que dès qu'il aura fermé boutique il passera impasse des Acacias. Mais voici que Bernard examine attentivement la vitrine d'un armurier. Il se décide à pénétrer dans le magasin.

La clochette au-dessus de la porte tinte longuement. Un homme à mine patibulaire émerge du fond de la boutique. Tout autour de lui brille la panoplie des armes, bien astiquées, dressées pour la chasse et le meurtre.

Un grand couteau entre les doigts, le lapin étalé sur la planche de bois, Christine tranche et découpe. Les sourcils froncés, elle s'applique à son travail de bouchère, se révulse et persévère.

Elle entend des pas lents dans l'escalier. S'immobilise, un instant, pour écouter. Les pas se sont arrêtés sur le palier devant la porte.

— C'est toi, Bernard?

Silence.

— Tu as oublié ta clef?

Silence.

— Attends, attends, je me lave les mains et je t'ouvre.

Christine se lave les mains. Le bruit du robinet couvre le bruit de la clef qui tourne dans la serrure.

Christine s'essuie les mains.

— Bernard? C'est toi?

Bottereau paraît dans l'encadrement de la porte. Il

porte une petite trousse noire à la main. Il sourit inter-
minablement. Il ouvre les bras tout grands. Il se prépare
à sauter sur Christine. L'eau du robinet coule toujours.

Christine pousse un cri.

Bernard ouvre la porte. Le silence le prend à la gorge. Tout dans l'appartement semble s'être définitivement arrêté comme une vieille horloge. L'air que Bernard respire est raréfié. Les murs n'ont plus aucun écho. Les meubles et les tentures se sont ternis. Chaque objet est vieux, usé, irrémédiablement fini, perdu. La vie ici n'a que faire. Jamais plus Bernard n'habitera ces lieux désaffectés. Il étouffe.

Le voici dans la cuisine. L'eau coule toujours. L'évier de pierre déborde. La pièce est bouleversée, mais figée dans son bouleversement même. Pétrifiée dans son horreur définitive. Bernard ferme le robinet. Les abats du lapin sont répandus par terre. Bernard écrase du pied le petit cœur du lapin. Melons qui roulent. Légumes en tas. Casseroles renversées. La toile cirée sur la table est arrachée. Tout porte les traces d'une lutte sans merci.

Bernard découvre le corps de Christine à moitié caché

sous la table. Ses vêtements sont déchirés. A son cou trop blanc une blessure fraîche.

Bernard ferme les yeux de Christine. Il la prend dans ses bras et la dépose sur le lit. Il sort de sa poche le revolver qu'il vient d'acheter. Met trois balles dans le barillet. Le déclic retentit dans la chambre comme dans une cave. Bernard replace le revolver dans sa poche. Il sort de la chambre à reculons, sans cesser de regarder Christine, se chargeant à jamais de toute son image terrible.

Bernard ouvre la porte et se précipite dans l'ascenseur.

Bernard dégringole l'escalier du métro.

Foule des heures de pointe. On marche sur ses talons. On respire sur sa nuque. On le frôle de partout. Ceux qu'il rencontre de face foncent sur lui, semblables à des aveugles. Éviter toute collision. Promiscuité odorante et chaude. Se fondre là-dedans comme dans une sorte d'humus. Épier tous les visages. Ne pas en laisser passer un seul sans l'avoir examiné soigneusement. Surveiller toute silhouette féminine, longiligne et hautaine, qui se dandine dans des accoutrements d'autrefois.

Entreprise insensée. La masse des gens ici ne forme qu'un seul corps d'où émergent parfois quelques physionomies aussitôt ravalées par la foule. Hydre sauvage, aux mille têtes, sans cesse coupées et renaissantes. Désirer plus que tout au monde qu'apparaisse enfin, se dégageant de la foule, le petit crâne féroce d'Héloïse, sous son chapeau à fleurs.

Écrasé et poussé de tous côtés, Bernard s'est enfin trouvé une place debout, entre un derrière flasque, appuyé sur ses reins et une odeur d'ail, respirant contre sa joue.

A la Motte-Picquet, le jeune homme doit descendre afin de permettre à quelques voyageurs de se dégager et d'atteindre le quai. Le temps pour Bernard de détailler quelques formes humaines, au passage, et le métro est déjà reparti.

Resté sur le quai, Bernard erre quelque temps, guettant les voyageurs. Puis il se précipite sur une correspondance, au hasard. Nouveau départ. Nouvelle cohue. Puis nouveau hasard et nouveau métro. Bernard est ballotté de métro en métro. A Châtelet, le bruit énorme des pas dans les couloirs résonne comme un piétinement de chevaux. Bernard est pris, porté par la foule. Il ne sait plus où il va. Ahuri il monte et descend des rames. Claquement de portière. Éclairage des stations. Nuit des tunnels.

Le nombre des voyageurs diminue peu à peu. Bientôt Bernard se retrouve à son point de départ. Sans aucune notion de temps. Seul, écroulé sur une banquette. Le quai est désert. Le nom de la station s'étale sur la muraille; blanc sur bleu, précis et rassurant : Michel-Ange-Auteuil. Un silence profond a succédé au tumulte.

Il y a dans le silence une voix d'homme qui s'enroue à crier.

— On ferme! On ferme! Avis aux voyageurs!

Bernard, écrasé de fatigue, ne peut plus bouger. Il

entend la voix du contrôleur. Il perçoit le bruit de la grille que l'on ferme. Il sait qu'il est pris au piège dans une station déserte. Une seule idée persiste en lui : retrouver Héloïse qui se cache certainement dans les profondeurs du métro. La retrouver, coûte que coûte, et l'abattre comme un animal nuisible. Lui faire payer la mort de Christine.

Toutes lumières éteintes, la station est plongée dans la nuit. Solitude totale. Le cœur battant est livré aux ténèbres, sans aucune garantie de survie. Bernard se recroqueville sur lui-même, craint les rats et la longueur de la nuit à venir.

Il y a un froid de glace qui tombe des voûtes hautes sur ses épaules.

Une rame, toute illuminée, entre en gare, sans bruit, glissant sur les rails. Ni voyageurs, ni chauffeur, cette rame est vide. Non, ce n'est pas la fièvre qui s'allume dans le noir, voici le train de nuit qui commence sa ronde, au creux de la terre, toutes stations verrouillées, bien à l'abri des vivants.

Un pas devant l'autre, doucement, Bernard s'avance, sans effort, attiré plutôt que poussé, désiré et désirant. Cette soif de vengeance à son flanc. Ce revolver dans sa poche. Et sa propre mort, sans doute, au bout de la ligne. J'ai de quoi vivre jusqu'à la prochaine station, pense Bernard qui s'engouffre dans une voiture. Tandis que la portière se referme sur lui sans bruit.

Le métro démarre, s'éteint pareil à une bougie que

l'on souffle. Les stations désertes filent à une incroyable vitesse, sans qu'on puisse être sûr de leurs noms dans l'obscurité. Bernard est cahoté en tous sens.

Le métro s'arrête. Une lueur diffuse, une espèce de brouillard bleu empêche de lire le nom de la station.

On entend des pas confus, un bruit d'étoffes traînées, tout un travail de bêtes fouisseuses se rapprochant dans les couloirs.

Une multitude de gens se pressent déjà sur le quai, impassibles, malgré le bruit qui monte de tous les couloirs à la fois.

On se tasse pour faire place aux nouveaux arrivants. A chacun son espace bien précis, sa place réservée, dans une sorte de tableau qui se fige peu à peu.

A mesure que le brouillard se dissipe, Bernard peut voir nettement les voyageurs sur le quai qui semblent attendre un train. Il distingue bientôt des chapeaux haut de forme, des robes longues, des corsages à col baleiné, des moustaches en brosse, des chignons montés, tout l'attirail 1900 d'Héloïse et Bottereau est repris à des centaines d'exemplaires.

Héloïse est là, au premier rang en robe de dentelle lilas, avec une ombrelle au manche d'ivoire travaillé, un chapeau garni de violettes sur ses cheveux noirs. Lentement elle s'approche. Elle ouvre la portière. Respire tout contre Bernard qui recule.

Il n'est que de poser certains gestes comme si on ne demeurait pas persuadé, dans son for intérieur, de leur inefficacité certaine. La volonté quelque part en nous commande au mouvement qui obéit, avec un léger décalage. Le bras qui tremble. La main qui tâtonne. La masse dure et froide du revolver contre nos doigts gourds. En face de nous le sourire cruel d'Héloïse lui mange toute la face. Tirer à bout portant sur cette forme parfaite qui ne sursaute même pas sous les balles et persévère dans sa faim mauvaise, penchée sur nous. Son sourire criblé de balles se reforme à mesure. Héloïse toute droite, en face de Bernard, dure et s'éternise. Ne plus pouvoir s'en écarter. Goûter son souffle pourri. En dehors de toute volonté déjà brisée, la main seule, dans un dernier réflexe, vise cette cible inattaquable, laisse tomber son arme et se rend.

Héloïse n'en finit pas de sourire. Elle attire Bernard vers elle, hors de la voiture. Douceur terrifiante.

Les voici, tous les deux, sur le quai, mêlés aux autres voyageurs. La séduction d'Héloïse. Son charme pervers. Elle embrasse Bernard.

Les a-t-il vraiment chuchotés ces mots, contre l'épaule d'Héloïse?

— Je t'aime Héloïse, je t'aime.

Les a-t-elle vraiment prononcées ces paroles, comme on s'adresse à un enfant malade.

— Ce n'est que la fascination de la mort, mon chéri.

Encombrée par ce grand corps d'homme qui défaille, Héloïse s'agenouille, puis s'assoit par terre, couche le jeune homme sur ses genoux. Piéta sauvage, elle l'entoure de ses bras. Tandis que la foule des morts se rapprochent, les enferment étroitement.

Bottereau arrive à son tour. Il se faufile au premier rang, sa petite trousse d'une main, de l'autre il tient le bras de Christine, dépenaillée et complètement indifférente.

Le brouillard monte à nouveau, s'étend sur toute l'assemblée. On peut lire le nom de la station Père-Lachaise, à travers la brume.

Du même auteur

Les Songes en équilibre
poèmes
Éd. de l'Arbre, 1942

Le Tombeau des rois
poèmes
Institut littéraire du Québec, 1953

Le Temps sauvage
théâtre
Éd. HMH, 1956

Les Chambres de bois
Seuil, 1958
et « Points », n° P249

Poèmes
Seuil, 1960

Le Torrent,
nouvelles
Seuil, 1965

Dialogue sur la traduction
en collaboration avec Franck Scott
Éd. HMH, 1970

Kamouraska
Roman
prix des Libraires, 1971
Seuil, 1970
et « Points », n° P345

Les Enfants du Sabbat
roman
Seuil, 1975
et « Points Roman », n° R117

Les Fous de Bassan
roman
prix Femina
Seuil 1982
et « Points », n° P485

Le Premier Jardin
roman
Seuil, 1988
et « Points », n° P358

La Cage, *suivi de* L'Ile de la Demoiselle
théâtre '
Seuil/Boréal, 1990

Œuvres poétiques 1950-1990
Boréal compact, 1992

L'Enfant chargé de songes
roman
prix du Gouverneur général
Seuil, 1992
et « Points », n° P615

Le jour n'a d'égal que la nuit
poèmes
prix Alain-Grandbois, 1993
Seuil/Boréal, 1992

Aurélien, Clara, Mademoiselle et le Lieutenant anglais
récit
Seuil, 1995
et « Points », n° P508

Poèmes pour la main gauche
Boréal, 1997

Est-ce que je te dérange ?
récit
Seuil, 1998